Marie Lue

Eulengeflüster

Marie Lue

Eulengeflüster

**Kurzgeschichten,
die das Leben schrieb**

Bibliografische Information der
Deutschen Nationalbibliothek
Die Deutsche Nationalbibliothek verzeichnet diese Publi-
kation in der Deutschen Nationalbibliografie; detaillierte
bibliografische Daten sind im Internet über
http://dnb.dnb.de
abrufbar.

© 2015 Marie Lue
Herstellung und Verlag
BoD – Books on Demand, Norderstedt

Cover designed by Freepik.com

ISBN 9 783 738 616 552

Inhaltsverzeichnis

Der Schmetterling
zählt nicht die Monde,
sondern Augenblicke –
und er hat Zeit genug.

Rabindranath Tagore

Flughafendurchsage

Die automatische Schiebetür zog sich lautlos zurück und ein kühler Lufthauch legte sich wie eine erfrischende Folie um die Körper. Die flirrende Hitze blieb draußen und trieb uns nicht mehr den Schweiß ins Gesicht. Wir hatten es nun doch noch geschafft, pünktlich den Flughafen von Amsterdam zu erreichen. Langsam beruhigten sich unsere Gemüter. Erleichtert stellten wir unsere Koffer auf ein Fließband, auf dem sie dann lautlos in den Tiefen des Flughafens verschwanden.

„Mr. Roger White wird aufgerufen, sich zum Gate 20 B zu begeben. Mr. Roger White!"

Da schien jemand offenbar sein Flugzeug zu verpassen. Wir liefen weiter durch den Flughafen. Unsere Augen klebten an den Hinweisschildern, die von der Decke hingen, damit wir zum richtigen Terminal fanden. Es klappte alles wie am Schnürchen.

„Mr. Roger White wird gebeten, sich unverzüglich zum Gate 20 B zu begeben! Mr. Roger White, bitte gehen Sie sofort zum Gate 20 B."

Der hatte es offenbar nicht geschafft, dieser Mr. White. Schade für ihn. Wir hatten bis zum Boarding noch eine halbe Stunde Zeit.

„Mr. Roger White wird dringend am Gate 20 B erwartet! Mr. Roger White, wollen Sie nun noch mitfliegen oder was?"

Wir blieben abrupt stehen. Hatten wir uns verhört? Mittlerweile hatten wir unser Ziel erreicht und ließen uns seufzend auf die blauen abgewetzten Lederimitatsessel fallen.

„Mr. Roger White, wie sieht's nun aus? Können wir mit Ihrer geschätzten Aufwartung am Gate 20 B noch rechnen oder sollen wir ohne Sie losfliegen? Ihre Frau wüsste das auch gerne, die hat's nämlich geschafft! Mr. Roger White, bitte zum Gate 20 B!"

h staunte nicht schlecht. Ich hoffte nur für Mr. White, dass er seinen Flieger noch erreichen würde.

„Mr. Roger White – jetzt mal auf Englisch, vielleicht verstehen Sie mich ja nicht: Please come immediately to gate 20 B, we will start our flight in a few minutes! Immediately – kapiert?! Das heißt sofort, Mr. White!"

Im Hintergrund hörten wir eine Frau jammern. Das Nichterscheinen von Mr. White schien in ein Drama zu münden.

„Hey – Whity Whiteman!"
Ein irres Lachen hallte durch den Flughafen. „Nun wird's echt Zeit, Mann! Willst du nicht oder kannst du nicht? Wenn ich mir deine Frau angucke, willst du wohl nicht! So eine Planschkuh will ja überhaupt keiner!" Danach folgte ein enthemmtes Kreischen und Kichern. Hörbar um Fassung ringend sagte der Sprecher weiter: „Es nützt nix, entweder du trabst bald hier an oder du musst später dran glauben. Gate 20 B – hier war-

tet deine beschissene Zukunft auf dich, Whity Whiteman!"

Alle Flughafengäste schauten einander entgeistert an. Man sah sich um. Wer könnte Mr. White sein, dieser arme Tropf? Und wer war der Irre am Mikrofon? Selbst wenn es Mr. White noch schaffen würde, der könnte doch nur noch mit einer Tüte über dem Kopf ins Flugzeug steigen!

„Hey, Whity! Deine Zeit ist abgelaufen! Jetzt mach endlich! Mr. Whity Whiteman White, Gate 20 B, aber hopp!"

Ein Raunen der Entrüstung ging durch den Flughafen. Vereinzeltes Gekicher hinter vorgehaltener Hand ließ Schadenfreude erkennen. Die Neugier auf diesen ominösen Mr. White wurde immer größer. Schaulustige fanden sich am Gate 20 B ein, um das Eintreffen von Mr. White hautnah mitzuerleben.

„Wir fliegen gleich loooohooos! Ob mit dir oder ohne dich ist mir echt scheißegal! Ich steck deine Alte augenblicklich in den Flieger und verrammle die Tür, damit sie nicht mehr rauskommt. Und du kannst bleiben, wo du bist. Drauf gesch..."

In diesem Moment musste wohl ein Kollege endlich den Ausknopf gefunden haben, denn es war abrupt still. Auch die Menschen rund um uns herum hatten schon zuvor aufgehört zu sprechen und – um nur ja kein Wort zu verpassen – ihre hektischen Schritte in ein lautloses Schleichen übergehen lassen.

„Ladys and Gentlemen", erklang nun eine tiefe und ruhige Stimme, „wir entschuldigen uns für diesen Zwischenfall. Der Flug nach New York wird umgehend starten!"

Kurz waren noch tumultartige Geräusche zu hören, dann blieb das Mikro stumm.

Das kleine Mädchen

Das kleine Mädchen mit den seidenlangen braunen Haaren strich mit seinen pummeligen Händen über den Rock des sternengelben Prinzessinnenkleides. Die Krone aus goldenem Pappmaschee saß etwas schief auf dem glatten Haar. Auf jedes geduldige Zurechtrücken folgte wenige Minuten später ein erneutes Verrutschen des papiernen Schmuckstückes. Das Mädchen drehte ihren Zeigefinger in den dünnen regenzarten Tüll, der auf den seidenen Stoff genäht war und dem Kleidchen etwas Pompöses gab. Ihre großen braunen Rehaugen schienen in mich einzudringen, jedoch ohne mich zu bedrohen. Sie war mir vertraut, doch ich hatte sie noch nie zuvor gesehen. Sie saß auf dem Teppichboden meines Wohnzimmers, den knöchellangen Rock kreisförmig um sich ausgebreitet, und sah mich unverwandt an. Ich war erschrocken und verwundert über diesen unbekannten Besuch und brachte zunächst erst einmal nur ein erstauntes „Hallo" heraus.

„Hallo", antwortete das Mädchen ernst.

„Wie bist du denn hier hereingekommen?", fragte ich weiter und ließ heimlich meinen Blick durch das Wohnzimmer streifen, um festzustellen, ob noch alles an seinem Platz war.

„Genauso wie du!", sagte sie erstaunt.

„Mmh, du hast also auch einen Schlüssel für meine Wohnung?"

„Ja." Nachdenklich fügte sie dann noch hinzu: „Genau wie du eben."

Das wollte mir einerseits nicht in den Kopf, andererseits wusste ich, es war die Wahrheit.

„Wie heißt du denn?", wollte ich wissen.

„Wir haben doch beide den gleichen Namen, das habe ich dir doch schon erklärt!", seufzte sie und schüttelte verständnislos den Kopf. „Du weißt aber auch gar nichts!"

„Offensichtlich", dachte ich und kräuselte meine Lippen.

Was war nur passiert? Ein märchenhaftes Geschöpf saß bei mir im Wohnzimmer auf dem Teppich. Ich kannte es nicht, aber irgendwie doch. Es trug meinen Namen, was ich hätte wissen sollen, aber nicht wusste. Und ich glaubte fast, ihre Feenflügel flattern zu hören. Eigentlich war ich nur wie immer von der Arbeit nach Hause gekommen. Ich hatte weder Alkohol noch Tabletten oder andere Drogen genommen und war komplett nüchtern!

„Vielleicht kannst du mir helfen, mein Wissen etwas aufzufrischen?"

Während ich dies fragte, stellte ich fest, dass alles wie immer an seinem Platz stand und nichts fehlte.

„Du wolltest mit mir sprechen und hast mich gerufen."

Die Kleine blieb ernst. Bisher hatte ich nicht das kleinste Lächeln entdecken können.

„Kannst du dich vielleicht daran erinnern, was ich von dir wollte?"

Ich legte meine Schultertasche auf das schaumfarbene Sofa und warf meinen Mantel über die Lehne.

„Ja, weiß ich."

„Sagst du es mir auch?"

„Du wolltest herausfinden, wie es mir geht."

Es wurde immer spannender.

„Warum wollte ich das herausfinden?", fragte ich weiter, nachdem ich mich auf die vorderste Kante der Couch gesetzt hatte.

„Weil du etwas Gutes für mich tun wolltest."

„Etwas Gutes also ... mmh, du musst mir noch etwas weiterhelfen, ich komme nicht darauf."

„Wenn du weißt, wie es mir geht, dann weißt du, wie es dir geht."

Verwirrt sagte ich: „Wann habe ich denn darum gebeten?"

„Du tust es ständig. Ich bin auch immer gleich gekommen. Doch erst heute konntest du mich sehen."

„Du warst schon öfter hier?"

„Ich war hier und in deinem Büro. Du hattest aber keine Zeit."

„Und heute habe ich Zeit und deshalb kann ich dich sehen?"

„Ja. Und du fürchtest dich nicht mehr davor, mich anzuschauen und deine Fragen zu stellen."

„Hatte ich vorher Angst?"

„Ja."

Ich schwieg. Mein Gedächtnis konnte sich an nichts, aber auch gar nichts Derartiges erinnern. Wie konnte das geschehen? Ich war keine über-lastete Angestellte, lebte glücklich mit Tochter und Ehemann und war im mittleren Alter. Bisher war ich völlig normal gewesen. Offensichtlich sollte sich das heute deutlich ändern. Doch wo blieben bloß meine lieben Familienmitglieder? Ein Blick auf den Wandkalender neben der Wohnzimmertür erinnerte mich an den Kinoabend, zu dem beide sich verabredet hatten. Dann musste ich mit meinem Irrsinn offensichtlich vorläufig alleine fertig werden.

„Ich kann dich also sehen, weil ich heute Zeit habe und keinen Schrecken mehr bekomme, wenn ich dich sehe?"

„Ja – und weil du gehört hast, dass es mich gibt."

„War das für mich wichtig zu wissen?"

„Offenbar, denn ab dem Zeitpunkt wolltest du mit mir sprechen."

„Gut." Ich dachte angestrengt nach.

„Nun, ich wollte also wissen, wie es dir geht – richtig?"

„Ja."

„Also dann: Wie geht es dir, meine Kleine?"

Augenblicklich fing sie an zu weinen. Der schmächtige Körper bebte unter den Schluchzern. Es war eine Trauer, die tief aus dem Inneren des Kindes zu kommen schien. Erschrocken lief ich in die Küche, um Taschentücher zu holen. Ihre kleine Hand zitterte, als sie sich die Nase schnäuzte. Ich legte einen Arm um das kleine traurige Wesen, bis sie sich beruhigt hatte. Dann sah sie mich an und sagte mit belegter Stimme: „So geht es mir."

„Ich hätte dich nicht fragen dürfen, wenn es dich so traurig macht", antwortete ich leise.

„Doch, das ist richtig so."

„Warum hast du so geweint?"

Sie rückte näher an mich heran und nahm meine Hand in die ihre.

„Weil ich wusste, dass du mich heute trösten würdest."

„Tröstet dich sonst niemand?"

„Nein, sonst tröstet mich niemand. Ich bin immer allein."

Das kam mir bekannt vor. In meiner Familie war auch nie jemand getröstet worden.

„Du bist ein kleines Kind und solltest immer getröstet werden, wenn du traurig bist."

„Wirst du mich jetzt immer trösten?"

„Möchtest du das gerne?"

„Es wäre gut für uns beide."

„Okay", sagte ich langsam und verstand nichts.

Sie tat mir leid. Ein kleines Mädel ohne Trost und ganz allein.

Vorsichtig fragte ich weiter: „Magst du mir sagen, warum du so traurig bist?"

„Hast du das vergessen?"

Ich schaute sie erstaunt an. „Ich habe vergessen, was dich traurig macht?"

„Ich bin du und du bist ich. Nun kannst du die Frage beantworten, warum ich traurig bin!"

Ich war verwirrt. Natürlich wusste ich, was mich traurig machte. Aber sollte ich das einem kleinen Mädchen erzählen? Hatte es wirklich auch mit ihr etwas zu tun?

„Du kannst es mir erzählen", forderte sie mich leise auf, als könnte sie meine Gedanken lesen.

„Es fällt mir schwer, einem kleinen Mädchen wie dir zu erzählen, was mich traurig macht. Eigentlich muss eine Erwachsene sich um dich kümmern und nicht umgekehrt."

„Manchmal liegen die Dinge eben anders als sonst."

„Offensichtlich", antwortete ich nachdenklich. Irgendwie war ich aber merkwürdigerweise bereit, mich auf diese kleine Gestalt einzulassen. Irgendwas sagte mir, dass dies richtig und wichtig sei.

„Erzähl mir, was dich traurig macht", forderte sie mich noch einmal auf.

„Ich bin traurig, weil meine Eltern mich immer allein gelassen haben, wenn ich sie brauchte. Sie waren einfach nie da, wenn ich familiären Rückhalt gebraucht hätte."

Mein Herz wurde schwer bei dieser Erinnerung.

„Was haben deine Eltern getan?", fragte sie behutsam.

„Sie haben gar nichts getan. Als ich schwanger wurde, hat meine Mutter den Kontakt zu mir abgebrochen. Als ich mich von meinem Mann trennte, blieben sie stumm und unerreichbar."

„Warum hat deine Mutter das getan?"

„Ich weiß es nicht. Meine Tochter würde ich niemals alleine lassen."

„Das würdest du nicht tun", stimmte sie mir zu.

„Gerade in der Familie muss es möglich sein, Fehler zu machen – wobei ich weiß, du hast keinen gemacht!"

„Ich bin du und du bist ich."

„Genau."

„Aber dann weißt du doch eigentlich alles."

„Ja, ich weiß, was dich bewegt. Wir müssen jedoch darüber sprechen, um uns gegenseitig den Rücken stärken zu können."

„Wie meinst du das?"

„Du solltest öfter auf mich hören."

„Aber ich wusste doch gar nicht, dass es dich gibt!"

„Ja, das stimmt. Jetzt aber kannst du auf mich hören und wenn du Zeit hast, kannst du mich auch sehen. Erzähl mir von deiner Mutter!"

„Meine Mutter sollte stolz auf mich sein und meine guten Absichten erkennen. Ich habe viel versucht, um sie auf mich aufmerksam zu machen. Aber weder sie noch mein Vater haben mich gesehen."

„Ja, ich kann diese Erinnerung von dir erkennen."

„Wie meinst du das?"

„Ich bin acht Jahre alt und habe nur für diese Zeit meine eigenen Erinnerungen. Was danach kam, sind deine Erinnerungen, die ich sehen kann, wenn du sie mir erzählst."

„Und du kannst mir dann Erinnerungen aus deinen acht Lebensjahren erzählen, die ich längst vergessen habe?"

„Ja, genauso ist es."

So langsam verstand ich zumindest einen kleinen Teil dieses Geschehens. Tief in mir war eine große Trauer vergraben. Das kleine Mädchen hatte daran gerüttelt.

„Möchtest du ein Taschentuch?", fragte das kleine Mädchen plötzlich besorgt.

Ich schaute sie fragend an.

„Du weinst."

Ich hatte nicht bemerkt, wie mir die Tränen herunterliefen. Plötzlich hatte ich das Gefühl, niemals wieder aufhören zu können. Wie zuvor das kleine Mädchen weinte ich mir alles von der Seele – und die Kleine blieb bei mir. Ich war nicht mehr allein mit dieser Trauer, die mich so oft gelähmt hatte in meinem Leben. Mir wurde klar, ich war nicht schuld an diesem Familiendrama. Ich hatte alles versucht, aber wir waren uns nie wirklich nahegekommen. Meine Mutter zog sich jedes Mal zurück. Ich habe nie verstanden, was damals vor sich ging. In diesem Augenblick, in dem ich darüber nachdenken konnte, ohne mich schuldig zu fühlen, hatte sich etwas verändert.

„Woran denkst du gerade?", fragte das kleine Mädchen behutsam.

„Ich denke an meine Mutter und frage mich, warum sie immer so abweisend war."

„Weißt du etwas über ihre Vergangenheit?"

„Eigentlich weiß ich sehr wenig darüber. Sie erzählte immer, sie habe es sehr schwer gehabt und niemand wäre für sie da gewesen. Ich hatte immer das Gefühl, dieses Unrecht, das ihr widerfahren war, wieder gutmachen zu müssen. Ich versuchte, ihre Bedürfnisse zu erraten oder ihre Stimmungen, um etwas Schlimmes von vornherein abwenden zu können. Und um mich rechtzeitig vor ihrem Jähzorn in Sicherheit zu bringen."

„Deshalb hast du heute so gute Antennen für andere Menschen und kannst eine Stimmungslage erfühlen wie selten jemand anderer", fügte die kleine Prinzessin vor mir auf dem Boden hinzu.

„Und das können nur sehr wenige."

„Was aber auch oft eine Last ist, denn ich höre auch die Flöhe husten."

„Trotzdem bist du eine sehr gefühlvolle Frau geworden."

„Dann ist ja tatsächlich auch etwas Positives aus meinen Kindertagen entstanden."

„Hast du noch mehr schöne Erinnerungen?", fragte das kleine Mädchen leise.

„Ich glaube, die ersten sechs Lebensjahre waren schön. Ich war das erste Enkelkind in dieser Familie. Ich wurde bis zur Geburt meines Bruders wie eine kleine Prinzessin behandelt. Mein Bruder war klein und zart und immer krank. Er brauchte viel Zuwendung. Richtig gesund war er nie. Jedes Foto zeigte mich mit roten Wangen und leuchtenden Augen, während mein Bruder blass neben mir saß. Aber er war ein Junge. Sein Geschlecht und seine instabile Gesundheit führten dazu, dass mir in dieser Familie weniger Aufmerksamkeit geschenkt wurde."

„Ich erinnere mich auch daran."

Beide versanken wir in unseren Gedanken und schwiegen.

Heute, mit 40 Jahren, konnte ich erkennen: All das war nicht meine Schuld!

Das kleine Mädchen erhob sich plötzlich und mit einem Ruck. Es stand vor mir und stapfte erst mit dem linken, dann mit dem rechten Fuß auf.

„Ich bin so wütend!"

Sie schrie es in mein stilles Wohnzimmer hinein, als stünde sie im Freien auf einer wildgrünen

Wiese, die von graukargen Bergen eingeschnürt ist. Fast glaubte ich, ein Echo zu hören, wirklich gewundert hätte mich das nicht. Ich weiß nicht, warum ich meinte, das Gras und die klare Bergluft riechen zu können, aber so war es. Und die Wut, die die kleine Gestalt vor mir durchlebte, war plötzlich auch in mir. Sie hörte nicht auf zu schreien, wie wütend sie sei. Sie schnaufte und stampfte mit den Füßen auf, sie lief aufgebracht hin und her und schlug mit der flachen Hand auf den marmornen Wohnzimmertisch, dass es nur so klatschte. In mir zuckte es. Meine Beine wollten aufstehen, mein Mund schimpfen und mein Herz wollte alles auf einmal. Ich hörte mich schreien: „Ich bin unglaublich wütend auf euch!", und ich sah meine Füße nach imaginären Gestalten treten. Ich lief durch das Zimmer und schrie zusammen mit dem kleinen Mädchen alles heraus, was sich über die Jahrzehnte in mir aufgestaut hatte. Die ganzen Gemeinheiten, die Rücksichtslosigkeiten, die Schläge, die Ignoranz und die Isolation, alles machte sich Luft. Mein Körper war entfesselt, er bewegte sich scheinbar unkontrolliert. Es war, als schaute ich mir selbst zu, ohne wirklich involviert zu sein. Schließlich lag das kleine Mädchen schwer atmend auf dem Teppichboden, die Arme und Beine weit von sich gestreckt.

„Mir ist warm", stöhnte sie.

„Mir auch", antwortete ich keuchend.

„Du hattest eine ganz schöne Wut", pustete ich, „für so ein kleines Kindchen war das ordentlich."

„Du warst aber auch nicht schlecht", entgegnete sie mit einem kleinen Lächeln.

Ich tauchte ein in ihre erdfarbenen Augen, die wieder voller Tränen waren, und bemerkte mein eigenes nasses Gesicht kaum. So viele vertane Gelegenheiten fielen mir ein, die wir alle hätten nutzen können, wenn wir nicht an diese Vergangenheit meiner Mutter gefesselt gewesen wären. Der Krieg hatte sie schon als kleines Kind zerstört – für den Rest ihres Lebens – und das Leben ihrer Kinder und ihres Ehemannes gleich mit. Sie hatte nie erfahren, wie es ist, wenn Mutter und Vater sich kümmern. Seit ihrem 14. Lebensjahr war sie auf sich allein gestellt und arbeitete in Stellung, wie es früher hieß. Eigentlich dachte man, sie würde es mit ihren eigenen Kindern anders machen wollen, aber weit gefehlt. Meine Mutter nahm nie gut gemeinte Ratschläge von

Freunden an, die es zweifellos gab. Wer es wagte, meine Mutter zu kritisieren, flog aus ihrem Freundes- und Bekanntenkreis, ohne dass sie mit der Wimper zuckte.

„Du bist immer noch wütend", sagte das kleine Mädchen apathisch. Sie lag auf dem Rücken, hatte nun aber die Augen geschlossen.

„Ich befürchte", antwortete ich, „ich kann nie wieder aufhören, wütend zu sein."

„Wäre aber besser, wenn du es irgendwann nicht mehr bist."

„Ja, das wäre schön."

„Du hast deine Trauer und deine Wut endlich aus dir herausgelassen. Ein ziemlich großer Schritt."

„Meinst du?"

„Oh ja. Ich bin dein ganzes Leben lang bei dir gewesen, doch ich habe dich nie über deine Familie trauern sehen noch warst du wirklich lange wütend."

„Ja, da hast du recht."

„Fühlst du dich immer noch schuldig?"

„Nein, nicht mehr. Ich war nicht schuld am Krieg und an der Kindheit meiner Mutter. Ich bin auch nicht dafür zuständig, alles wieder zu richten."

„Genau."

„Obwohl ich gern alles gerichtet hätte. Ich habe meine Familie trotz allem sehr geliebt."

„Und heute?"

„Meine Liebe ist gestorben."

„Schade."

„Ja, das ist es."

„Was könnte dies ändern?"

Die Ernsthaftigkeit des kleinen Mädchens rührte mich wieder zu Tränen. Es tat gut, sie bei mir zu haben. Es tat gut zu wissen, dass sie immer bei mir sein und bleiben wird. Zu wissen, sie wird mich niemals verlassen, gab mir Kraft. Meine innere Einsamkeit wich vor dieser Erkenntnis zurück.

Doch gibt es wirklich etwas, was mir hilft zu verzeihen? Meine Liebe war ausgelöscht, ich konnte mir nicht vorstellen, sie wieder zum Leben zu erwecken. Aber zu verzeihen, das spürte ich, war möglich.

„Die Aufmerksamkeit meiner Familie", antwortete ich langsam und sprach fast zu mir selbst, „und den Rückhalt, den man nur aus der Familie heraus erhält."

„Du wünscht dir Rückendeckung von deiner Familie?"

„Rückendeckung und Wärme."

„Würde dir das reichen?"

„Wenn meine Familie das überhaupt schaffen würde, wäre das schon ein großer Schritt in die richtige Richtung."

„Deine Mutter hat es nie gelernt."

„Sie wollte es auch nicht lernen."

„Was ist mit deinem Vater?"

„Komischerweise könnte ich ihm schneller vergeben. Er war ein schwacher Mensch und meine Mutter hat ihn erfolgreich in die Irre geführt mit ihren Intrigen. Er hat mich geliebt, da bin ich ganz sicher."

„Aber er hat dich und deine Erfolge nie ernst genommen, dich belächelt und sich darüber lustig gemacht."

„Wenn wir uns normal hätten entwickeln können, wäre es nicht so weit gekommen."

„Spüre ich da die Liebe zu deinem Vater?"

Ich blieb dem kleinen Mädchen diese Antwort schuldig. Meinen Vater hatte ich immer geliebt, auch wenn er mir nichts zutraute. Diese Liebe war nicht mit ihm gestorben.

Ich sah das kleine Mädchen dankbar an.

„Ich bin froh, dass es dich gibt", sagte ich leise zu ihr.

„Pflege mich und teile deine Gefühle mit mir", flüsterte sie, „dann wird deine Traurigkeit irgendwann vergehen. Schau in dich hinein und nimm ernst, was du dort siehst und fühlst. Handle danach. Und weine nicht über verschüttete Milch. Du kannst nichts ändern an dem, was passiert ist. Aber du darfst darüber trauern und wütend sein. Alle Gefühle sind erlaubt. Nimm dich ernst. Das ist dein gutes Recht. Nur du weißt, was gut für dich ist. Du wirst lernen herauszufinden, was du brauchst. Achte auf dich. Denn du bist ein guter Mensch."

Ich fing hemmungslos an zu weinen. So viele Regeln hatte es gegeben, die meine Eltern und später auch ich aufgestellt hatten. Wie eingeschnürt war ich durch mein Leben gelaufen. Voller Angst davor, vom Weg abzukommen oder eine Regel zu verletzen. Ich selbst hatte mich dabei verloren. Es waren Regeln der anderen, denen man es doch nie recht machen konnte.

„Bleib bei dir selbst", sprach das Kind weiter, „höre hin, wenn dein Bauch mit dir spricht, und trau dich, danach zu handeln. Wenn du zurückblickst, dann weißt du, dies waren die besten Entscheidungen. Sie haben dich glücklich gemacht. Handle nach deinen eigenen Maßstäben."

Ich sah auf und wischte mir die Tränen aus dem Gesicht. Ich war allein.

„Wo bist du?", rief ich panisch.

„Ich bin in dir und werde dich nie verlassen."

„Danke, dass du für mich da bist."

„Das werde ich immer sein."

Die Leserin

Die Nacht legte sich dunkel und seidensanft über die glitzernde Stadt. Im Dunkel glänzte sternenklar ein wundervoller runder Mond. Der Sommer ging langsam auf das Ende zu, doch an diesem Abend wehte noch einmal ein goldwarmer Hauch durch den bunten Garten und die geöffneten Fenster. Er wirbelte leicht den Staub in einem der schokoladenbraunen Bücherregale auf, das zusammen mit den anderen in einer kleinen Bibliothek vor sich hindöste. Ein großer palmengrüner Sessel mit dazu passendem Fußhocker residierte in der Mitte. Der federweiße, flauschige Teppich umschloss sanft die Stuhlbeine und wiegte sich an manchen Stellen weich mit dem Luftzug. Die frische Brise tat den Büchern gut.

Mit angezogenen Beinen und tief in den Sessel hineingekuschelt saß eine junge Frau und las. Auf dem messingfarbenen Beistelltischchen stand eine Wasserkaraffe mit einem altmodisch verzierten Glas. Die langen, dunklen Haare hingen bewegungslos an beiden Seiten des Kopfes herab und sie selbst starrte wie eine Statue auf die Zeilen. Einzig ihre rot lackierten langen Fingernägel blätterten im regelmäßigen Abstand eine Seite nach der anderen um, während ihre tropfenblauen Augen über die Zeilen flogen.

„Jetzt hat es sie wieder erwischt", zischelte es aus dem hinteren Regal, „das Buch muss gut sein."

„Wie heißt es denn?", flüsterte es zurück.

„*Ein ganzes halbes Jahr*", wurde auf die Frage geantwortet.

„Stand es schon hier bei uns im Regal?"

„Nee, ist neu. Das kriegen wir erst zu Gesicht, wenn sie's durchgelesen hat."

„Ach ja, war das nicht schön, als wir noch dort unten mit ihr waren? Als sie uns mit ihren warmen Händen festhielt und unsere Buchstaben förmlich einsaugte?", seufzte ein weißblaues Buch mit der Aufschrift *Nele Neuhaus: Unter Haien*.

„Ja, das war himmlisch!"

„Mich holt sie immer wieder, um in mir zu lesen!" Überheblich klappte der forsche Duden seine erste Seite auf – oder war es der Wind?

„Gib nicht so an!" entgegnete der *Bourne Betrug* von Robert Ludlum.

„Bei mir kann sie eben etwas lernen!", zischte der Duden gekränkt zurück.

„Und bei mir hat sie geweint", sagte Jojo Moyes *Eine Handvoll Worte*.

Ildikó von Kürthys Buch *Mondscheintarif* rief dazwischen: „Ich habe mit ihr gelacht!"

Eine nachdenkliche Stille legte sich über die Regale. Jedes Buch war mit seinen Erinnerungen beschäftigt, bis die *Nebel von Avalon* ganz zart fragten: „Habt ihr auch vor ihrem Wecker gestanden, damit die hellen Leuchtziffern nicht ins Zimmer scheinen?"

Bücherseiten flatterten aufgeregt, als ein dickes, altes Lederbuch antwortete:

„Das haben wir alle, Dummkopf."

„Wirklich?"

„Wirklich!"

„Doch mich hat sie am allerliebsten", sagte dann Shirley MacLaines *Zwischenleben*, „denn sie holt mich öfter als euch alle aus dem Regal."

„Das macht sie mit mir auch", empörte sich der *Ruf der Trommel*, während ihre Seiten aufgeregt zitterten. „Mal lacht sie beim Lesen, dann ist sie wieder ganz vertieft und manchmal weint sie, obwohl ich ein Roman bin."

„Sie liebt dich eben", seufzte die Bibel.

„Ja, nicht wahr? Und ach, riecht sie nicht gut, unsere Leserin?"

„Daran kann ich mich gar nicht mehr erinnern", antwortete die *Verblendung* von Stieg Larsson.

„Als sie mich las, war sie krank. Gut riechen wäre anders gewesen ...", mäkelte *P.S. Ich liebe dich.*

„Du musst auch immer unken", wies die Bibel sie zurecht. „Wir sind doch alle froh, dass sie uns genauso liebt wie wir sie. Belassen wir es dabei und schauen wir ihr einfach nur zu."

„Mich hat sie an sich gedrückt, als sie fertig gelesen hatte. Sie hat mich an ihren Körper gedrückt und geseufzt und dann ganz lange im Dunkeln auf den Boden geschaut", schwärmte *Das Ende ist mein Anfang* von Tiziano Terzani.

„Was für ein Glückpilz du doch bist", antwortete die *Fettfalle 40*, ein großes, buntes Buch. „Mich mochte sie nicht. Sie hat nur die Hälfte von mir gelesen, mich dann ins Regal gestellt und gesagt: „Du bist etwas langweilig, gehörst aber trotzdem hierhin."

Plötzlich schauten große blaue Augen in das Regal, in dem die Bibel stand.

„Sie riecht immer noch gut", quietschte leise der *Ruf der Trommel.*

„Pst, sei still, sonst hört sie uns!", flüsterte die Bibel.

Das große Augenpaar schaute weiter fragend ins Regal und schob ein Ohr etwas vor, als wollte es genauer horchen.

„Jetzt höre ich schon die Bücher sprechen", murmelte die Leserin und wandte sich lächelnd ab.

„Ich liebe euch wohl doch zu sehr."

„Wir lieben dich auch!", riefen alle Bücher im Chor, doch ausgerechnet das hörte sie merkwürdigerweise nicht.

Der Weg ist das Ziel

Bernhard war durch leere Gänge gehetzt, bis er endlich die Intensivstation in dem großen Krankenhaus gefunden hatte. Nun stand er hektisch in der Desinfektionsschleuse, in der eine Krankenschwester ihm umständlich erklärte, wie er seine Hände desinfizieren müsse und wo die grünen Hygienekittel lägen. Es war warm auf der Station und der sterile Mantel über seiner Kleidung brachte ihn zum Schwitzen, während er besorgt neben einem dicken Arzt hereilte. Dieser klärte ihn über den missglückten Selbstmordversuch seines Sohnes Michael auf. Bernhards Blick glitt über den Flur und in die durch Glas getrennten Krankenzimmer, bis der korpulente Arzt schnaufend vor einem der Fenster stehen blieb. Mit einer Handbewegung bedeutete er Bernhard, näher zu kommen. Bernhard spähte ängstlich durch die Scheibe. Ein schwarzer Schmerz zuckte durch sein klopfendes Herz. Seine Frau Gerda hockte neben Michaels Bett und starrte stumm auf das leblos wirkende Gesicht ihres Sohnes. Bernhard schlich durch eine gläserne Schiebetür hinein. Das leise Piepen der medizinischen Geräte über Michaels Kopf unterbrach in regelmäßigen Abständen die gedämpfte Stille des Raumes. Bernhards Knie zitterten und er fuhr mit bebenden Händen durch sein schütteres, grau gewordenes Haar. Wankend schloss er seine Augen und sank auf einen der abgenutzten Besucherstühle. Die Angst fraß sich wie ein wild drehender Steinbohrer durch seine Eingeweide. Bernhard brauchte ein paar Minuten, um sich zu fangen, und als er hochschaute, stand seine Frau neben ihm. Widerspenstig wie Stroh standen ihre kurzen blonden Haare vom Kopf ab und waren lieblos frisiert. Durch das Weinen waren ihre Augen stark geschwollen und die Mundwinkel hingen weit nach unten. Bernhard stellte sich mit hängenden Schultern neben sie.

„Wie geht es ihm?", fragte er ängstlich.

„Es wird besser", antwortete seine Frau mit monotoner Stimme. „Der Arzt sagte, er sei über den Berg."

„Warum hat er das nur gemacht, verstehst du das, Gerda?"

Sie sah ihn lange mit durchdringendem Blick an.

„Wenn du in unserer Familie öfter anwesend gewesen wärest, könntest du dir diese Frage selbst beantworten."

„Seit wann interessiert dich denn meine Meinung?" Ärgerlich schaute Bernhard seiner Frau ins Gesicht.

„Ist schon lange her, dass du für Diskussionen greifbar warst. Du hast dich doch immer in deine Arbeit verkrochen, wenn es zu Hause gebrannt hat, oder?"

Bernhard ballte wütend die Fäuste.

„Und du hast nie einen Zweifel darüber gelassen, wessen Ansichten die einzig richtigen waren!"

„Das ist ..."

„Du hast immer deinen Willen durchgesetzt, auch wenn ich anderer Meinung war. Du hast nur das gemacht, was du für richtig hieltest."

„Deine Ansichten waren unüberlegt, Bernhard."

„Unüberlegt? Du warst es doch, die nicht nachgedacht und gleich zugeschlagen hat, wenn Michael Widerworte hatte!"

„Und wer hat neben der Erziehung den Haushalt geschmissen, unser Leben organisiert und ist auch noch arbeiten gegangen? Du doch wohl nicht, du wärst doch zusammengebrochen!"

„Du hast nicht einmal daran gedacht, auch meine Ideen auszuprobieren!"

„Wann hast du denn das letzte Mal etwas Konstruktives gesagt?"

Gerda schnaufte wutentbrannt. „Ich war doch gezwungen, alles zu organisieren, weil du dich für nichts mehr interessiert hast – außer deiner Arbeit!"

„Du warst doch diejenige, die mir den Mund verboten hat. Ich hätte keine Ahnung, das waren deine Worte!"

„Weil du dir nie Gedanken über Michael als Person oder über sein Leben gemacht hast. Das, was du über ihn weißt, habe ich dir erzählt! Wenn jemand Bescheid wusste, dann ich, oder nicht?"

„Meine Meinung war gar nicht gefragt."

Gerda schwieg. Tränen sammelten sich in ihren Augen. Doch Bernhard fuhr unerbittlich fort: „Und ständig dein Gemecker über seine Noten und seine sportlichen Leistungen. Das ist mir ja schon auf den Wecker gegangen, wie muss Michael erst darunter gelitten haben."

„Dann vergiss du dein enttäuschtes Gesicht mal nicht, wenn dein Sohn Fußball gespielt hatte und du vom Platz gingst. Michael hat es gesehen und ich auch."

Bernhard erinnerte sich nur schwach. Er hatte nie darüber nachgedacht, ob Michael wirklich so untalentiert war, wie Gerda immer behauptet hatte. Er hatte sich die Noten seines Sohnes angesehen und befunden, dass er wirklich keine große Leuchte war. Aber warum sollte er auch? Mittelmäßigkeit war nichts Verwerfliches. Aber darüber hatte Bernhard nie mit Michael gesprochen.

„Ich wäre da gewesen, wenn ihr mich gebraucht hättet. Ihr hättet nur etwas sagen müssen."

„Das ist nicht wahr, Bernhard. Das ist wirklich nicht wahr."

Bernhard kniff seine Lippen zusammen. Heftig löste er den obersten Hemdknopf. Seine Frau hatte immer das letzte Wort. Doch heute sollte sie sich mehr anhören müssen, als ihr lieb war. Barsch und eine Spur härter als er es beabsichtigt hatte, fuhr er Gerda an: „Du hast doch den Jungen nie losgelassen. Hast ihm ständig die Hand vor den Hintern gehalten. Er brauchte sich nie durchzusetzen, das hat seine Mutti schließlich für ihn erledigt. Und gegen dich kam er nicht an, weil es dann ein paar hinter die Ohren gab, war es nicht so?"

„Jetzt reicht es." Gerda schaute Bernhard zornig an. „Wenn du die Schuld bei derjenigen suchst, die immer versucht hat, die Probleme zu meistern, während du dich nur um dich selbst gekümmert hast, dann bist du auf dem Holzweg, mein Freund!"

Vor Wut zitternd stieß Gerda die Tür zur Hygieneschleuse auf, legte den grünen Kittel ab, schlüpfte in ihre neue braune Lederjacke und verließ mit schnellen Schritten die Intensivstation. Entrüstet schaute Bernhard ihr nach. Er musste nachdenken. Langsam und mit zögernden Schritten folgte er seiner Frau. Er trat auf den leeren Flur vor der Station. In einer Raucherecke steckte er sich eine Zigarette an und betrachtete die vergessenen Pappbecher auf der abgesplitterten Tischplatte. Während er gedankenverloren kalte Ascheröllchen, die neben einer überfüllten Aluschale mit Zigarettenstummeln lagen, zu kleinen Häufchen zusammenwischte, ließ sich ein uniformierter Polizist auf den Stuhl neben ihm fallen. Wie durch eine Nebelwand hörte Bernhard die Fragen über Michael und dessen

Umfeld. Er zuckte niedergeschlagen mit den Schultern. Er konnte weder über Michaels Motive noch über dessen Leben Angaben machen. Seine einsilbigen Antworten erschreckten ihn. Wieso wusste er auf die meisten Fragen keine Antwort? Hatte Gerda recht gehabt? Der Polizist gab es auf. Bernhard starrte auf die gegenüberliegende bilderlose Wand. Gerdas Vorwurf, sich nur um sich selbst gekümmert zu haben, verursachte ihm Magenschmerzen. Doch wenn er ganz ehrlich mit sich selbst war, hatte er sich tatsächlich so verhalten. Er war es leid gewesen, sich nicht durchsetzen zu können. Irgendwann hatte er dann wirklich geglaubt, die Probleme in der Familie nicht lösen zu können. Bereitwillig hatte er alles Gerda überlassen, was einen Teil seiner Sorgen von ihm nahm und sein Leben deutlich einfacher machte. Gerda würde es schon richten, davon war er immer überzeugt gewesen. Doch nun kamen ihm erhebliche Zweifel an seinem Verhalten. Er hatte alles so hingenommen, wie Gerda es ihm aufgetischt hatte, nur um seine Ruhe zu haben. Und Michael hatte sich immer weiter von ihm entfernt. Schmerzlich erkannte Bernhard: Nicht Gerda war daran schuld. Er selbst war es, der um des lieben Friedens willen seine Bestätigung ausschließlich im Beruf gesucht hatte. Leidtragender dieser ganzen Angelegenheit war sein Sohn gewesen. Nur einen Tag nach seinem 18. Geburtstag war Michael aus der elterlichen Wohnung ausgezogen. Bernhard hatte das damals überrascht, aber doch nicht genug, um weiter darüber nachzudenken. In den darauffolgenden zwei Jahren hatte Bernhard seinen Sohn nur dann gesehen, wenn dieser seine Eltern besuchte, was nicht sehr oft vorgekommen war. Die Wohnung seines Sohnes hatte Bernhard bis heute nicht gesehen. Erschrocken fuhr er sich mit der Hand über die immer noch schweißnasse Stirn. Es war tatsächlich zwei Jahre her und er war noch nie dort gewesen! Warum war ihm das bisher nicht aufgefallen? Sein schlechtes Gewissen trieb ihn zu Michael, um sich für diese Gedankenlosigkeit zu entschuldigen. Wie eine Marionette, deren Gliedmaßen an durchsichtige Fäden gebunden waren, erhob Bernhard sich schwer atmend aus seinem Stuhl und ging wankend auf die Hygieneschleuse zu. Er hatte einen großen Fehler gemacht. Einen sehr großen ...

Minuten später saß er mit dem hastig übergeworfenen grünen Kittel neben Michaels Bett. Michael kam langsam zu sich. Liebevoll sah Bernhard seinen Sohn an, als dieser den Kopf in Bernhards Richtung drehte. Ein tiefer Seufzer entrang sich Michaels Brust, als er die Tränen auf dem Gesicht seines Vaters sah.

„Du bist hier?", flüsterte Michael überrascht. „Wo ist Mutter?"

„Sie ist kurz spazieren gegangen", antwortete Bernhard stockend.

Beide sahen sich eine Weile in die Augen, bis Bernhard es nicht mehr ertragen konnte und auf den Boden schaute. Leise, so als wollte er die Antwort eigentlich gar nicht hören, fragte er: „Warum?"

Michael starrte an die Decke. „Es war nicht mehr auszuhalten."

„Was konntest du nicht mehr aushalten?"

Sein Sohn antwortete nicht sofort. Als hätte er die Frage seines Vaters gar nicht gehört, sagte er: „Dass du hier bist!"

Bernhard senkte die Augen und atmete tief ein. „Hätte schon mal früher sein müssen, nicht wahr?"

„Ja."

„Meinst du, ich könnte es noch lernen?"

„Bestimmt."

Wieder schwiegen Vater und Sohn.

„Aber das ist es nicht allein."

„Was war es noch?"

„Ich konnte niemandem etwas recht machen."
Und nach einer Weile fügte Michael hinzu: „Dir
auch nicht."

„Der Fußballplatz?"

„Ja, der auch."

Bernhard sank in sich zusammen.

„Was ist noch geschehen, mein Sohn?"

Michaels Augen wurden stumpf und düster.

„Ich war einsam, ohne richtige Freunde. Keinem
Menschen bedeutete ich etwas."

„Was ist mit deiner Freundin Barbara?"

Michael seufzte und er verzog schmerzvoll sein
Gesicht.

„Sie ist mit ihrer Freundin in den Urlaub gefahren, um unsere Beziehung zu überdenken."

„Was ist zwischen euch passiert?"

Michael drückte das Kissen unter seinem Kopf
nach oben, um etwas höher liegen zu können.

„Sie sagte, meine Depressionen würden sie in den Wahnsinn treiben."

„Depressionen?"

Bernhard fasste sich an die Stirn. Es war so viel schiefgegangen und er hatte nichts davon mitbekommen. Ratlos fragte er Michael: „Aber deine Arbeit, die hat dir doch immer so viel Spaß gemacht?"

„In der Kfz-Werkstatt lachen mittlerweile alle über mich, weil ich so viele Fehler mache. Ich bin mit meinen Gedanken einfach immer woanders."

Bernhard lehnte sich erschrocken zurück. Wie sollte er Michael da nur herausführen? Das Gefühl der Hilflosigkeit überspülte ihn wie eine Welle. Der Schmerz, für Michael kein guter Vater gewesen zu sein, trieb ihm die Tränen in die Augen.

„Und nachdem ich Barbara mit ihrer Freundin dann gestern zum Flughafen gebracht hatte, da war mir, als wäre alles vorbei."

„Und du wolltest nicht mehr leben."

„Genau."

Bernhard wusste nicht, was er sagen oder tun konnte für seinen Sohn, der des Lebens so überdrüssig war, weil niemand ihm das Gefühl gegeben hatte, wertvoll und wichtig zu sein. Doch plötzlich leuchtete in Bernhard eine kleine Flamme, die ihm einen Weg zu weisen schien: Er würde sich von nun an seine eigene Meinung bilden und darum kämpfen, egal was Gerda vorzubringen hätte. Er musste sich mit seiner Frau auseinandersetzen, egal wohin es führte. Er wollte ab sofort für Michael da sein und an seinem Leben teilnehmen. Nichts würde ihn davon jemals wieder abbringen. Bernhard ließ sich Michaels Wohnungsschlüssel geben und betrat kurz darauf zum ersten Mal die Räume, in denen sein Sohn seit zwei Jahren lebte. Während er sich umsah, erinnerte er sich daran, wie Michael ihn darum gebeten hatte, mit ihm zusammen das Badezimmer zu streichen. Warum hatte er nur niemals Zeit dafür gehabt? Michael schien die Lust an diesem Projekt jedenfalls verloren zu haben, denn die Wände trugen immer noch die alte schäbige Farbe. Bernhard krempelte die Ärmel hoch und machte sich an die Arbeit. Während er alles ausmaß und eine Einkaufsliste benötigter Materialien zusammenstellte, hoffte er, Michael könnte ihm irgendwann verzeihen. Wenn er auch nicht genau wusste, wie er Michael helfen konnte, so war ihm eines klar geworden: Er musste einfach beginnen, für seinen Sohn da zu sein. Alles andere würde sich daraus ergeben. Der Weg war das Ziel. Bernhard musste ihn nur endlich beschreiten und sich seiner Verantwortung stellen. Und er war dazu bereit.

Die magische Kresse

Die ersten Sonnenstrahlen des Frühlings ließen Monyas braune Augen blinzeln. Genüsslich streckte sie ihre schlanken Beine auf dem zweiten Holzstuhl aus und fixierte mit zusammengekniffenen Augen die auf dem Tisch liegende Blumensamentüte. Ausgerechnet Kapuzinerkresse, dachte sie verächtlich. Warum sie gestern gerade dieses Saatgut gekauft hatte, war ihr unverständlich. Die Pflanze wuchs in vielen verschiedenen Farben und das passte überhaupt nicht zu Monyas Vorstellung eines Gartens Ton in Ton. Es war ein ordinäres Proletengewächs, das einfach bunt und ungezügelt, jede Gartenbaukulturvorschrift vernachlässigend vor sich hinblühte. Monya hasste solche Ausuferungen. In ihrem Garten wie auch in ihrem Leben liebte sie das gleichförmig Schöne. Sie mochte Beständigkeit. Überraschungen brachten sie auf die Palme, verursachten ihr Stress und ein Gefühl der Unkontrollierbarkeit.

Doch im Blumenladen fühlte sie sich auf unerklärliche Weise ausgerechnet von dieser Wildwuchspflanze angezogen. Immer wieder glitt der kleine Beutel in ihr Sichtfeld, bis er schließlich wie von Geisterhand geschubst aus dem Regal direkt vor ihre Füße fiel. Sie steckte ihn zurück, es war wirklich kein Platz mehr im Garten. Doch das kleine Säckchen schien nicht aufzugeben, denn als Monya an der Kasse stand, lagen die Blumensamen in ihrem Einkaufskorb. Nun aalten sie sich dort auf dem Tisch und wollten ausgesät werden. Monya glaubte sogar gesehen zu haben, wie das Papierbeutelchen sich schüttelte, um sie endlich zum Pflanzen zu bewegen.

Monya griff zur Kaffeetasse, um dann mit stolzem Blick über die gradlinigen Pflanzreihen zu schauen, die sich durch das Gemüsebeet vor der Terrasse zogen. Ein schmaler Steinweg trennte den fein säuberlich geschnittenen Rasen von Wurzeln, Salat und Bohnen. Der kleine Teich am Ende der Grünfläche war nüchtern und ohne Schnickschnack angelegt. Rechts und links standen ordentlich beschnittene Büsche. Hier wuchs nicht eine Staude willkürlich und das Unkraut hatte in diesem perfekt angelegten Garten keine Chance.

Abrupt erhob sich Monya schließlich aus ihrem Lieblingsstuhl, band energisch die langen, dunklen Haare zu einem Zopf und streute die kleinen Kugeln aus dem Papierbeutelchen in die Erde ausladender Blumenkübel. Der einzig freie Platz für die tönernen Töpfe war auf der Terrasse. Und so stellte Monya sie unterhalb des Sichtschutzes auf und kümmerte sich erst einmal nicht mehr darum.

„Hallo, meine Herzallerliebste!", tönte es durch den Garten. Um die Ecke bog ein breitschultriger, hochgewachsener junger Mann, der Monya mit einem breiten Grinsen einen liebevollen Kuss auf die Lippen drückte. „Wie ich sehe, bist du wieder in deinem Heiligtum!"

„Ach, ich habe nur noch eine Kleinigkeit erledigt. Wir können jetzt los!"

Monya freute sich schon seit Wochen auf den Theaterbesuch mit ihrem langjährigen Freund Sven und war, kurz bevor er auftauchte, schnell in ihr kurzes Schwarzes geschlüpft.

„Hübsch siehst du aus", lachte Sven und legte den Arm um sie.

Der Abend wurde wunderschön. Das Stück gefiel beiden ausgesprochen gut und die Margaritas danach ließen Monya manchmal etwas zu laut lachen. Beiden ging es gut. Heute Abend spürten sie wieder mit jeder Faser ihres Körpers, wie sehr sie füreinander geschaffen waren.

Alles war gut, bis ... ja, bis dann zwei Wochen später die ersten Triebe der Kapuzinerkresse ihre zarten Köpfe nach dem Sonnenlicht reckten. Wie immer, wenn sich neues Leben in ihrem Garten tummelte, war Monya außer sich vor Freude. Die kleinen Halme waren so fein, dass Monya Sorge hatte, sie würden beim nächsten Regenschauer zerschlagen werden. Sie setzte eine kleine durchsichtige Haube über die beiden Kübel, um das Wachstum in der schwarzen Erde zu schützen. In den nächsten Wochen begutachtete Monya regelmäßig jedes einzelne der Pflänzchen, die schnell unter ihren wachsamen Augen heranwuchsen. Die Schösslinge wurden ständig von ihr gedüngt und von welken Blättern befreit. Schließlich und endlich galt Monyas letzter Blick jeden Abend dem Inhalt der braunen Blumenkübel, um morgens gleich wieder als Erstes nach ihnen zu schauen. Die Blume hatte sich durchgesetzt: zuerst im Laden, dann im Blumentopf und jetzt auch in der Gärtnerseele. Es war um Monya geschehen. Die junge Frau machte sich viele Gedanken. Sie wollte die Pflanze trotz deren wilden Wachstums in ihren Garten integrieren und erwog einen Pflanzplan nach dem anderen, um dann alle wieder zu verwerfen. Für Monya war die Kapuzinerkresse zu einer Herausforderung geworden. Sie entfachte in ihr den Ehrgeiz, die Wildheit zu bändigen und der Blume eine Gradlinigkeit zu verschaffen, die dann schließlich auch in Monyas Garten passen würde.

Sven ertappte sie oft dabei, wie sie Gesprächen gar nicht mehr richtig folgte und mit ihren Gedanken ganz woanders war. Anfangs amüsierte ihn dies noch, aber nach einer Weile passte er genau auf, ob Monya ihm zuhörte, wenn sie zusammen waren. Warum eine Pflanze derart Besitz von seiner Freundin nehmen konnte, verstand er nicht.

Als nach zwei Monaten die schmalen Zweige zu beachtlichen Büschen herangewachsen waren, musste Monya für ein paar Tage verreisen. Es fiel ihr schwer, den Garten allein zu lassen, insbesondere die Kresse machte ihr Sorgen. Aber es sollte in den kommenden Tagen viel regnen, sodass eigentlich nichts passieren konnte. Doch die Pflanze nutzte die Gelegenheit.

Was Monya dann bei ihrer Rückkehr sah, ließ ihr den Atem stocken: Die Kapuzinerkresse war aus den Töpfen herausgekrochen, hatte sich über das gesamte Gemüsebeet ergossen und erdrückte bereits den Salat. Entsetzt schnitt Monya die Pflanze kräftig zurück. Doch je mehr sie ihr zu Leibe rückte, desto kräftiger wuchs sie gerade an jenen Stellen, an denen sie beschnitten wurde. Erst als Monya in ihrer Verzweiflung die Kresse nicht mehr ausgiebig goss und sie nicht mehr düngte, war der Spuk endlich vorbei.

Der Anrufbeantworter blinkte in diesen Tagen ständig. Sven versuchte, Monya zu erreichen, konnte ihr dann aber jedes Mal nur eine Nachricht hinterlassen, weil sie nicht mehr ans Telefon ging.

Die Stängel setzten nun, plötzlich des Düngers beraubt, wunderschöne Blüten an. Elegant schwangen sie in der lauen Sommerluft und versprühten dabei einen wundersamen feinen Blütenduft. Sie brüsteten sich mit ihrer farbigen Anmut und reckten stolz ihre Stempel dem blauen Himmel entgegen, als gäbe es nichts Begehrenswerteres, als sich von den Sonnenstrahlen verwöhnen zu lassen. Die Pflanze steckte alle Kraft in diese bunte Pracht und hörte auf, sich weiter auszubreiten.

Monya war betört von dieser Schönheit. Ihre ursprüngliche Idee, die Pflanze einfach auszureißen, verwarf sie in Sekunden. Die Kresse breitete sich nicht weiter aus und blieb in Reih und Glied. So lange, bis Monya wieder ihr ganzes Können in den Dienst der Kapuzinerkresse stellte. Und nur eine Woche später verlor das unbezähmbare Gewächs alle Blüten und wucherte stärker als je zuvor.

Als Sven plötzlich in ihrem Garten stand, waren drei Wochen vergangen, in denen sie sich nicht gesehen hatten. Ein paar kurze, hektische Telefonate waren alles gewesen, was Sven von Monya hatte erhaschen können. Sie war völlig versunken in ihre Gartenarbeit und zu keinem anderen Gedanken mehr fähig. Das Gespräch des Paares mündete in einen heften Streit. Monya wollte ihren Garten nicht verlassen, Sven dort nicht einziehen, was die einzige Option gewesen wäre, um bei seiner Freundin sein zu können. Wütend schlug er die Gartentür hinter sich zu und verschwand mit einer warmen Sommerbrise in der Dunkelheit. Monya blieb völlig unbeeindruckt von diesem Streit zurück. Sie war sich keines Fehlverhaltes bewusst und verstand Svens Vorwürfe in keinster Weise. „Paul muss ich fragen", schoss es Monya durch den Kopf, als sie gedankenverloren wieder ins Haus ging, „der ist Gärtner. Vielleicht weiß er, was hier los ist."

Als Paul einen Tag später das Chaos im Garten sah, schüttelte er überrascht den Kopf. So etwas hatte er noch nie gesehen. Er bat Monya um ein paar Ableger, um das wuchernde Ungetüm zu Hause im Gewächshaus beobachten zu können.
„Die ersten drei Wochen wird nichts passieren. Aber dann ..." Monya rollte mit den Augen.
„Warten wir es ab. Sag mal, wie geht's eigentlich Sven?"
„Sven, na ja, ich glaube gut."

„Nach dem Besäufnis gestern Abend wundert mich das aber."

„Was denn für ein Besäufnis, Paul?"

„Hab ihn gestern aus einer Kneipe torkeln sehen und nach Hause gebracht. Mann, der hatte den absoluten Augenstillstand. Habt ihr euch verkracht?"

„Nö, eigentlich nicht."

Betreten schaute Monya zu Boden.

„Schon gut. Geht mich ja auch nix an. Ich melde mich wieder."

Vier weitere Wochen kämpfte Monya mit ihrer Kapuzinerkresse, ohne etwas von Paul zu hören. Auch Sven hatte sich seit dem Streit nicht mehr bei ihr gemeldet. Der Sommer war mittlerweile zur Hochform aufgelaufen. Es war herrlich warm mit einem lauen Lüftchen am Abend und einer kühlen Brise in der Nacht, doch Monya konnte ihn nicht genießen. Die Kresse ließ sie nicht los. Sie opferte sich förmlich für diese Pflanze auf, bis sich auf dem Rasen die abgeschnittenen Stiele und gelben Blätter türmten. Mittlerweile war das gesamte Gemüse eingegangen, weil Monya keine Zeit mehr dafür fand, und auch der Teich verwahrloste. Die Kresse aber wuchs unbändig weiter und Monya hatte alle Hände voll zu tun, um sie in den Griff zu bekommen.

An einem regnerischen Sommermorgen Ende August stand Paul wieder vor der Tür. Er setzte sich in die gemütliche Bauernküche und legte die Füße auf einen Stuhl. Kurz darauf stellte Monya eine dampfende Tasse Kaffee vor Paul auf den Tisch und schaute ihn erwartungsvoll an.

„Das Zeug aus deinem Garten wächst bei mir vollkommen normal." Schlürfend nahm Paul den ersten Schluck.

„Verstehe ich nicht", antwortete Monya erstaunt.

„Bist du vielleicht etwas zu viel in deinen Garten abgetaucht?"

„Ich komme zu nichts anderem mehr", sagte Monya erschöpft. „Gegen dieses Buschwerk bin ich vollkommen wehrlos!"

„Die Kapuzinerkresse braucht eigentlich keine Pflege, die wächst ganz allein vor sich hin."

„Wenn ich nicht aufpasse, wuchert sie überall im Garten!", ereiferte sich Monya, „ich sollte sie einfach mit Stumpf und Stiel aus der Erde ziehen!"

„Das wäre auch eine Lösung", antwortete Paul, „muss aber doch gar nicht sein!"

„Wie meinst du das?" Monya saß plötzlich kerzengerade auf ihrem Stuhl.

„Wie oft hast du dich denn in den letzten beiden Monaten mit Sven oder deinen Freundinnen getroffen?"

„Wieso? Warum fragst du?"

„Hab mir Gedanken gemacht, seit ich Sven so betrunken sah, der trinkt doch sonst nie. Und deine Kapuzinerkresse hat mir noch mehr zu denken gegeben."

„Und?"

„Wie oft hast du dich also außer Haus bewegt?"

„Gar nicht", knurrte Monya, „nur zur Arbeit."

„Und das nur wegen einer Pflanze?"

Paul riss hinter seinen dicken Brillengläsern ungläubig die Augen auf.

„Dieser blöden Kresse ist das egal!", rief Monya mit zitternder Stimme.

„Mensch Monya, das Gärtnern soll dir Freude, aber dich nicht einsam machen."

Monya hielt verzweifelt ihre Tränen zurück. Sie wusste, Paul hatte recht, aber sie wollte es nicht eingestehen.

„Hör auf zu kämpfen."

„Ich soll die Kapuzinerkresse also in Ruhe lassen?"

„Die wächst auch allein. Und Sven wird nicht ewig auf dich warten."

„Ich bin ziemlich einsam ohne ihn", gab Monya seufzend zu.

„Deshalb fahren wir jetzt auch zu ihm", sagte Paul lächelnd.

Sven schaute Monya ungläubig an, als sie vor ihm stand, um sie dann erleichtert an sich zu drücken. Sein dankbarer Blick flog zu Paul hinüber, der kurz grüßend die Hand hob und grinsend zu seinem Auto schlurfte.

Monya fühlte sich wie eine Kranke, die langsam aus dem Koma erwachte. Das Weinen befreite sie von dem unheimlichen Zauber der Kapuzinerkresse.

Oder war es Monya selbst gewesen, die sich freiwillig eingesperrt hatte?

Meister Lampe

Emil war total zerschlagen. So konnte er einfach nicht weitermachen. Er musste etwas in seinem Leben ändern, sonst würde es ihn ändern, und dies auf eine Weise, die ihm ganz sicher nicht gefiele. Eigentlich hätte er nach diesem Wochenende noch einen Tag länger frei gebraucht. Sein bester Freund hatte seiner langjährigen Partnerin das Ja-Wort gegeben, und da dies die erste Hochzeit in der Clique war, hatten alle dafür gesorgt, dass es ein rauschendes Fest wurde. Genauso fühlte sich Emil auch, als er jetzt an seinem Schreibtisch im Büro saß. Zwei, drei Mützen mehr Schlaf wären echt klasse gewesen. Er öffnete seinen E-Mail-Account und hätte ihn am liebsten gleich wieder geschlossen: Es waren annähernd einhundert E-Mails in seinem Postfach. Er stöhnte laut. Seine Lustlosigkeit steigerte sich gerade ins Unermessliche, als sein Blick auf den Holzhasen fiel, der bäuchlings auf seinem Monitor thronte. Der ließ den rechten Arm lässig über die Menüleiste hängen, ein Bein baumelte entspannt am Monitorrand, das andere streckte er weit von sich. Die Hasenzähne lugten wie angeklebt unter seiner niedlichen Nase hervor. Auf seinem Kopf wuchs ein weißes, pludriges Haarbüschel auf dem ansonsten braunen Fell. Eine gelbe Latzhose war sein einziges Kleidungsstück.

„Wieso habe ich diesen albernen Hasen eigentlich immer noch?", fragte sich Emil gähnend und versuchte vorsichtig, das Holztier zu lösen.

Im selben Moment warf dieses ihm einen kleinen Luftkuss zu.

Emil hielt in seiner Bewegung inne. Hatte er das richtig gesehen?

„Du bist nicht ganz wach", sagte Emil zu sich und hob wieder die Hand, um das Langohr zu entfernen. Doch da warf ihm das Tier einen Handkuss zu. Emil schaute sich vorsichtig um. Spielte ihm hier jemand einen Streich? Doch es war niemand zu sehen, er war ganz allein in dem Großraumbüro, denn morgens war er immer der Erste.

Mit zusammengekniffenen Augen schob Emil seinen Kopf nach vorn. Seine Hand tastete die Figur systematisch ab. Es gab kein Gelenk, mit dem der Arm hätte bewegt werden können. Der Mund war hart, aus Holz eben. Wie sollte sich dieser zu einem Kuss verziehen können?

„Du bist echt noch schwer angeschlagen, mein Lieber", dachte sich Emil und wandte sich seiner Arbeit zu. Doch als er das Menü anklicken wollte, legte sich plötzlich eine kleine Hasenpfote davor, sodass er nichts mehr erkennen konnte.

„Das gibt's doch nicht", sagte Emil laut und versuchte den Cursor schnell auf einen anderen Menüpunkt zu klicken. Doch die Tatze war schneller. Schwupps hatte sie auch diesen Menüpunkt verdeckt.

Emil saß versteinert vor seinem PC. Er kräuselte seinen Mund und schaute, ohne den Kopf zu bewegen, nach oben an die Decke. Er schob den Cursor in die andere Richtung, die Pfote folgte ihm. Mit immer noch zusammengekniffenen Augen führte Emil den Cursor ganz langsam nach unten. Der Hasenarm wurde immer länger und legte sich dann genau auf den blinkenden Punkt. In den nächsten Minuten schob Emil den Cursor über den ganzen Bildschirm hin und her, aber egal, wo er landete, die Pfote war ebenfalls da.

„Okay, ihr Nervensägen!", rief er dann in den leeren Raum hinein. „Ihr könnt aufhören. Ich habe herzhaft gelacht."

Doch niemand antwortete ihm. Ein Blick zum Hasen ließ Emil das Blut in den Adern gefrieren: Er zwinkerte ihm zu!

„Das ist doch unmöglich!" Emil raufte sich die Haare.

War er denn immer noch alkoholisiert vom Wochenende?

„Das kann nicht sein", sagte er laut vor sich hin.

Der Hase robbte nun langsam und gemächlich auf seinem Bauch zur anderen Seite des Bildschirms, um Emil von dort aus noch einmal eine Kusshand zuzuwerfen.

„Jetzt schlägt's dreizehn!", rief Emil und stand abrupt auf.

Ein bisschen kaltes Wasser ins Gesicht, das würde ihn wieder zur Vernunft bringen, dachte er und lief mit schnellem Schritt in die keramische Abteilung. Die Abkühlung tat ihm gut. Emil lächelte sein Spiegelbild an und dozierte: „Du hast es dieses Wochenende schwer übertrieben, Alter! Ab sofort wird kürzergetreten! Kann ja nicht sein, dass dich so ein Hasentier um den Verstand bringt!"

Langsam schlenderte er zurück zu seinem Schreibtisch, wo trotz Gesichtserfrischung die nächste Überraschung auf ihn wartete: Meister Lampe war verschwunden.

Stocksteif stand Emil vor seinem PC und wusste nicht, was er denken sollte.

„Ach, egal, Hauptsache das Karnickel ärgert mich nicht mehr!", dachte er, als sein Telefon klingelte. Die Augen auf den Monitor gerichtet griff Emil zum Hörer, um dann seine Hand erschreckt zurückzuziehen: Der hölzerne Mümmelmann saß darauf und winkte ihm offensichtlich gut gelaunt zu.

„Es hat mich erwischt!", dachte er ungläubig, „aber ich bin doch noch so jung! Ich kann doch nicht …"

Das Telefon klingelte unaufhörlich und entnervend weiter.

Zwischenzeitlich war der Hase wieder verschwunden. In Zeitlupe nahm Emil den Hörer in die Hand, während er hektisch seinen Schreibtisch absuchte. Irgendwo musste doch dieses Stinktier geblieben sein!

„Hallo?! Hallooooo!!!"

Entgeistert schaute Emil den Hörer an und führte ihn langsam an sein linkes Ohr.

„Hallo! Emil? Bist du da? Bist du im Büro?"

„Wo sollte ich wohl sonst sein?", herrschte Emil seine Freundin an.

„Na, hier bei mir im Bett!"

„Ist ja nett, dass du mich vermisst, aber einer muss ja schließlich die Brötchen verdienen, denke ich, oder?"

„Aber doch nicht heute, Emil!"

„Wieso ausgerechnet nicht heute?"

„WEIL HEUTE SONNTAG IST!"

Erinnerungen

Fast geräuschlos glitt der letzte Nachtzug aus der Halle. Der Bahnsteig war leer, bis auf einen einzelnen Mann. Er hatte sich eine Zigarette angezündet und starrte dem Zug nach, dessen rote Schlusslichter rasch kleiner wurden. Sekunden später waren sie zusammen mit seinen Träumen in der Dunkelheit verschwunden. Traurig fuhr Karl sich mit der Hand über den Kopf und zerriss dabei das Gummiband, mit dem er seine kinnlangen Haare zu einem Zopf zusammengebunden hatte.

Er sah Kerstins Gesicht immer noch vor sich. Er hörte ihre tonlose Stimme, die ihm erklärte, es sei vorbei. Er konnte kein Wort sagen und hörte ihr nur zu. Aus Schmerz zog er sich immer weiter von ihr zurück und wollte nicht glauben, was sie sagte. Keine Erklärung der Welt hätte ihn verstehen lassen, warum sie alles hinwarf. Dann ging Kerstin. Sie wollte mit dem Zug zu einer Freundin nach Frankfurt fahren. Und Karl saß auf seinen gepackten Koffern und musste am nächsten

Morgen in aller Herrgottsfrühe allein in die Staaten fliegen.

Es hatte ihn erwischt, als er Kerstin auf einer Party das erste Mal die Hand gab. Innerhalb von Sekunden war er verliebt bis über beide Ohren. Und bereits nach wenigen Verabredungen geriet sein überzeugtes Junggesellenleben ins Wanken. Selten konnte er sich einer Frau gegenüber so öffnen. Er tauchte hinab in einen See von Gefühlen, die er längst vergessen geglaubt hatte. Karl gab sich nie ganz für eine Frau auf. Seine Angst, verletzt zu werden, hatte ihn starke Barrieren gegen tiefe Beziehungen aufbauen lassen. Er lebte immer frei nach seiner Devise: Härte macht das Leben einfach. Doch Kerstin belehrte ihn eines Besseren. Er konnte sich nicht dagegen wehren, als sie Stück für Stück seine sorgsam aufgebauten Mauern um ihn herum zum Einsturz brachte.

„Ohne Risiko wird das Leben nicht einfacher", sagte sie augenzwinkernd immer dann, wenn er doch noch einmal den vagen Versuch unternahm, sich von ihr freizumachen.

„Wenn du keinen Schmerz erleben willst, dann wirst du auch niemals richtig lieben können. Und ich will all die Liebe, die du hast."

Und er war bereit, ihr alles zu geben. Mit Kerstin würde er keinen Schmerz erleben. Niemals. Also wovor Angst haben?

Die kam dann mit schnellem Schritt in Form eines Angebots, das ihm sein Chef unterbreitete. Karl sollte eine Filiale in New York übernehmen. Er war begeistert. Doch dann dachte er an Kerstin. Würde sie mit ihm gehen? Noch am selben Nachmittag stand Karl in Kerstins behaglicher Küche und erzählte ihr von dem Angebot. Ängstlich fragte er sie, ob sie ihn begleiten würde. Es war ein sonniger Tag. Seine Hände zitterten, als er auf ihre Antwort wartete. Kerstin dachte kaum nach. Jubelnd fiel sie ihm um den Hals. Doch in dem Augenblick eines Augenaufschlags war dann kurz vor der Abreise alles vorbei.

„Ich schaffe es nicht, mit dir mutterseelenallein ins Ausland zu gehen. Ich habe richtig Panik davor. Wir sind doch erst so kurze Zeit zusammen!"

Das Klappen der Tür holte ihn schlagartig in die Gegenwart zurück. Warum hatte er nur nichts gesagt, als sie bebend auf seinem Sofa vor ihm saß. Warum hatte er ihr nicht erklärt, dass es jederzeit ein Zurück geben könne, wann immer Kerstin es wollte? Und wie war das mit dem Risiko, von dem sie immer sprach, wenn ihn die Angst packte?

Karl konnte Kerstin nicht gehen lassen. Er musste um sie kämpfen. In Sekundenschnelle lief er die Treppe des Appartementhauses hinunter und stieg in seinen Mercedes. Er überfuhr rote Ampeln und bog mit quietschenden Reifen um die Ecken. Keuchend stolperte er dann die Treppen zu den Bahngleisen hinauf, während sich Worte und Sätze in seinem Kopf zusammensetzten, die er Kerstin sagen wollte. Nach Luft ringend oben angekommen fand sein suchender Blick jedoch nur noch die roten Lichter des Zuges, in dem Kerstin saß. „Zu spät, Karl", hatte es in seinem Kopf geschrien, „zu spät!"

Karl warf die Zigarettenkippe auf den feuchten Steinboden des Bahnsteiges und trat sie aus. Mit traurigem Blick starrte er noch einmal in die Richtung, in die der Zug verschwunden war. Mit müden Schritten ging er zum Ausgang des Bahnhofs. Es war alles schon so lange her. Dreißig Jahre waren seitdem vergangen. Doch immer noch musste er an Kerstin denken, wenn er zu später Stunde einen Freund zum Zug brachte. Er hatte nie wieder von ihr gehört. Seine Briefe waren unbeantwortet geblieben und Karl war auch nicht mehr nach Deutschland zurückgekehrt. Nur die Bahnhöfe brachten ihm immer wieder diese Sehnsucht nach einer Frau zurück, die er schweigend hatte gehen lassen.

Die Spielbank

Im hell erleuchteten Foyer der Spielbank ist nichts zu hören von rollenden Kugeln oder klimpernden Geldspielautomaten. Nichts weist auf das Drama hin, das am nächsten Tag auf der ersten Titelseite stehen wird. Zurückhaltende junge, hübsche Frauen checken hier am Computer den Personalausweis auf eventuelle Spielersperrungen, während Angestellte in roter Livree mit ausdruckslosen Gesichtern an der gläsernen Eingangstür stehen. Sie öffnet sich automatisch und augenblicklich schlägt dem Besucher gedämpftes Murmeln entgegen. Der dicke Teppich schluckt jedes Geräusch und die gediegene Atmosphäre macht steif. In dem großen hohen Saal schlendern seriös gekleidete Menschen an zwei Roulettetischen vorbei. Rechts davon sitzen zwei vermeintlich gut situierte Männer an der Bar. Sie tragen dunkle Anzüge. Ihre farbigen Schlipse scheinen das einzig Positive an ihnen zu sein. Die ernsten Mienen und wachsamen Blicke funkeln bedrohlich durch den Raum. Ihr Anblick lässt den Beobachter frösteln. Sie fachsimpeln mit bewegungslosen Gesichtern über ihren letzten Einsatz, während der Linke von ihnen nervös über seinen schwarzen Vollbart streicht. Von der Ledersitzgruppe dahinter erhebt sich eine ältere weißhaarige Dame, um bei der gegenüberliegenden Kasse Jetons zu tauschen. Minuten später steht sie neben einem der drei Croupiers am Roulettetisch. Der bärtige Mann steht jetzt an einem Pfeiler und lässt die alte Frau nicht aus den Augen, die mit leiser Stimme dem Angestellten die Zahlen diktiert, auf die sie setzen möchte. Geschickt wirft der Angesprochene die Spielmarken zu seinem Kollegen, der dann die Stücke platziert. Die Dame schaut kurz zu dem Herrn an der Bar hinüber, der ihr fast unmerklich zunickt. Die Menschen stehen mittlerweile dicht gedrängt. Plötzlich eilt mit schnellen Schritten ein glatzköpfiger Spieler zum Tisch, wirft einen 500-€-Plaque auf den Filz und flüstert dem Croupier unhörbar für die Umstehenden seine Nummer ins Ohr. Sodann hetzt er wieder davon, offenbar desinteressiert an Gewinn oder Verlust. Doch der Schein trügt. Sekunden später trifft man ihn am zweiten Tisch, an dem er ein weiteres Spiel macht, bevor „nichts mehr geht". Dann steht er in einer Ecke und beobachtet mit Argusaugen die elektronischen Anzeigen über den Roulettetischen. Die Kugel rollt. Nun kommt noch einmal Bewegung in die Menge. Spieler drängen sich rücksichtslos durch die Umstehenden und die Luft schwirrt von leise gerufenen Zahlen. Jetons fliegen nun reihenweise auf den grünen Spielplan, um von den Croupiers auf die entsprechenden Ziffern geschoben zu werden. Kurz darauf folgt der Standardsatz dieses Glücksspiels: „Rien ne va plus!" Jetzt fühlen sich einige Glücksritter erst recht herausgefordert, noch im letzten Moment einen Einsatz zu riskieren. Ein strafender Blick des Spielleiters am Kopf des Tisches bewegt die Menschen aber schließlich doch, die Hände endgültig zurückzunehmen, um vorgeblich uninteressiert vom Ergebnis ohne Aufregung das Fallen der Kugel abzuwarten. Mit Spannung wird von den Umstehenden das ruhige Surren im Kessel beobachtet, bis die Gewinnzahl endlich fällt. Sofort machen sich die Angestellten der Spielbank daran, mit der Geldharke verlorene Jetons vom Tableau zu wischen. In der Ecke flucht der kahle Mann leise vor sich hin. Augenscheinlich läuft für ihn heute gar nichts. Bei den Gewinnern dieser Runde zucken nur leicht die

Mundwinkel vor Freude. Rasch wird die Ausbeute wieder auf die einzelnen Felder verteilt, bevor man sich entweder zu einem angeregten Gespräch an die Bar zurückzieht oder bei einem Blackjack-Spiel zuschaut, das hinter den beiden Roulettetischen stattfindet. Hier sitzen die Frauen und Männer mit krummen Rücken auf ihren Stühlen und beobachten das Austeilen der Karten. Blitzschnell rechnet die Kartengeberin für jeden Spieler die Punkte zusammen. Einige steigen leise seufzend sofort aus dem Spiel aus, andere wollen noch eine Karte. Ein hagerer Mann ganz links am Tisch gewinnt. Sein Jetonhäufchen wächst zu einem stattlichen Berg heran. Die Hälfte davon verschwindet in seiner Jacketttasche, die andere wird wieder gesetzt. Die weißhaarige Dame vom Roulettetisch füllt mit leuchtenden Augen ihre gewonnenen Spielmarken in eine kleine glitzernde Abendtasche. Mit langsamen Schritten schlendert sie auf eine der Kassen zu. Geschickt wirft sie ihren Gewinn auf den braunen Marmor. Die Angestellte zählt flink die einzelnen Stücke zusammen und verwandelt sie in Geldscheine. Die elegante Frau steckt langsam alles in ihren vornehmen Beutel, dann hält sie eine

Sekunde zögernd inne in ihren Bewegungen. Die beiden Männer sind verschwunden. Mit entschlossenem Schritt geht sie zur Garderobe und lässt sich von einem jungen Mitarbeiter der Spielbank in den pelzbesetzten Mantel helfen. Ohne Hast drückt sie die Eingangstür auf. Die Nachtluft scheint ihre Lebensgeister zu wecken. Sie nimmt einen tiefen Atemzug. Als wären sie aus dem Nichts aufgetaucht, stehen plötzlich die beiden Kerle von der Bar neben ihr.

„Okay, Oma, dann rück mal die Kohle raus", flüstert der Linke ihr ins Ohr und drängt sie vom Eingang fort.

„Nein, das werde ich nicht tun."

„Du weißt, was dann passiert", zischt der Rechte und zerrt grob an ihrem Oberarm. „Wir haben eine Abmachung!"

„Ab heute nicht mehr", antwortet sie tonlos und zieht mit zitternder Hand eine kleine Pistole aus ihrer Tasche. Ohne ein weiteres Wort schießt sie erst auf den linken, dann auf den rechten Typen, um schließlich seelenruhig die Waffe wieder in ihren glitzernden Begleiter zu versenken. Leichenblass, aber mit ruhigem Schritt spaziert sie zu ihrer schwarzen Limousine, die sie gegenüber vom Eingang abgestellt hatte. Nur ihre Mundwinkel zucken nervös, als sie langsam mit dem Wagen von dem menschenleeren Parkplatz rollt.

Schatten der Vergangenheit

Der kühle Sommerabend hatte so harmonisch begonnen. Ich hatte endlich einmal frei und musste nicht ins Kommissariat. Deshalb waren Tina und ich aufs Land gefahren, hatten in einem rustikalen Lokal gemütlich gegessen und wollten dann auf einer abgelegenen Landstraße nach Hause fahren. Die Sonne versank rot hinter den einsamen Stoppelfeldern und wir freuten uns auf ein Glas Rotwein vor unserem prasselnden Kamin.

An einer kleinen Kreuzung ging plötzlich der Motor aus. Irritiert versuchte ich am Straßenrand den Wagen wieder zu starten, doch er gab keinen Mucks mehr von sich. Meine praktische Tina griff in das Handschuhfach und zauberte unter meiner Dienstwaffe eine Landkarte hervor, um die nächste Tankstelle ausfindig zu machen. Viele Häuser hatten wir während der Fahrt nicht gesehen und ich stieg aus, um mich umzuschauen. Wir schienen tatsächlich Glück zu haben, denn ich sah kaum hundert Meter von uns entfernt die Umrisse eines Gebäudes.

„Ich werde von dort versuchen zu telefonieren", rief ich in den Wagen hinein. Tina wollte warten und so ging ich allein zu dem Haus. Drinnen war es dunkel und ich klopfte erst zaghaft, dann etwas lauter an die verwitterte Holztür. Kurz nachdem das Licht hinter einem der Fenster angegangen war, öffnete mir eine blinzelnde Frau. Während ich von unserer Panne erzählte, hatte ich das Gefühl, diese ungepflegte Gestalt mit dem verlebten Gesicht schon einmal gesehen zu haben. Und dann war die Erinnerung plötzlich wieder da: Es war Katja. Ich erkannte sie kaum wieder. Während ich sie ungläubig anstarrte, sah ich im Geiste wieder ihre leuchtenden Augen, die mal spitzbübisch, mal sentimental das von ihr Erzählte unterstrichen. Wie hatte ich diese Frau einmal geliebt, bevor ihre Aggressionen alles kaputtgemacht hatten.

„Da bist du ja wieder."

Ihre raue Stimme holte mich in die Gegenwart zurück. Lauernd strich Katja um mich herum.

„Wieso bist du zurückgekommen?", fauchte sie und fegte mit einer wütenden Handbewegung sämtliche Mäntel von der Garderobe.

„Ich bin nicht zurückgekommen. Ich muss telefonieren und ..."

„Nie bist du da gewesen, wenn ich dich brauchte, aber jetzt, wo alles zu spät ist, da tauchst du wieder auf!"

Ich war nicht da gewesen!? Sie konnte sich natürlich nicht daran erinnern. Ich hatte sie fast täglich in der geschlossenen Psychiatrie besucht und gehofft, es würde irgendwann einmal besser werden. Doch sie vegetierte nur noch vor sich hin, betäubt mit Medikamenten, die sie davor schützen sollten, wieder jemanden anzugreifen.

„Ich hasse dich! Klammheimlich hast du dich damals aus meinem Leben geschlichen!"

Katjas hysterische Stimme dröhnte in meinem Kopf. Aus ihrem Leben geschlichen, wenn sie wüsste! Ihre unerklärliche Wut steigerte sich damals mehr und mehr in körperliche Angriffe. Immer öfter nahm sie Gegenstände zur Hilfe, um in ihrer Verzweiflung auf mich einzuschlagen. Schließlich lauerte sie mir eines Tages hinter der Wohnungstür mit einem Messer auf und stach zu. Katja wurde eingewiesen, während ich mit meinen Kräften am Ende war.

„Hör auf!", schrie ich, als ich aus der Vergangenheit wieder auftauchte. Mein Blick fiel auf eine verrostete Flinte, die neben der Garderobe stand, und ich floh entsetzt durch die Dunkelheit zurück zum Auto.

Damals, als die Ärzte mir gesagt hatten, ich könne kein normales Leben mehr mit ihr führen, hatte ich genauso Hals über Kopf Frankfurt verlassen und war nach Hamburg gezogen. Ich wollte vergessen, nicht mehr an die Frau denken müssen, mit der ich meine Zukunft geplant hatte. Lange Jahre trieb mich mein schlechtes Gewissen immer wieder in die Klinik nach Frankfurt, nur um jedes Mal zu erfahren, dass sich nichts geändert hatte. Ihre Eltern nickten beim letzten Besuch verstehend mit dem Kopf, als ich mich endgültig von Katja verabschiedete. Fünf Jahre später heiratete ich Tina und fing wieder an zu leben. Doch jetzt war Katja abermals in mein Leben getreten und die Erinnerungen trafen mich wie ein Faustschlag.

Als Tina mein Gesicht sah, bestürmte sie mich mit Fragen. Zitternd erzählte ich, was vorgefallen war, während ich wieder und wieder den Schlüssel im Zündschloss drehte. Doch der Wagen blieb tot. Als Tina plötzlich entsetzt aufschrie, sah ich das verzerrte Gesicht Katjas, die mit hasserfüllten Augen durch mein Seitenfenster starrte. Mit aller Kraft stieß ich die Fahrertür auf und schubste Katja damit auf die Straße. Doch behände lief sie zu Tinas Seite und zerrte an der Wagentür. Der lange Gegenstand in ihrer Hand ließ mich Böses ahnen. Noch während ich auf Katja zurannte, hallten plötzlich zwei Schüsse durch die Nacht. Erstarrt versuchte ich, in der Dunkelheit etwas zu erkennen. Die plötzliche Ruhe machte mich panisch. Ich stolperte über einen Zweig, fiel hin und krabbelte auf allen Vieren vorwärts. Ängstlich tastete ich mich an der offenen Autotür vorbei ins Innere des Wagens und hoffte, Tina würde nicht dort liegen. Sie saß auf ihrem Sitz: weich, warm, aber bewegungslos. Verzweifelt schüttelte ich meine Frau hin und her. Draußen lehnte Katja leicht vorn übergebeugt am Kotflügel. Ich konnte keinen klaren Gedanken mehr fassen, krabbelte aus dem Wagen und schüttelte Katjas Schultern, bis ihr lebloser Körper langsam hinunter auf den Asphalt glitt.

„Ich habe sie erschossen, Tim."

Mit brennenden Augen starrte ich in die Dunkelheit.

„Sie wollte mich ..."

„Ich weiß, Liebling."

Ein kühler Wind blies kräftig durch die Bäume. Hand in Hand schlichen wir langsam der Hauptstraße entgegen. Wir blieben nur einmal stehen, als Tina meine Pistole aus ihrer verkrampften Hand in den Graben warf.

Szenen einer Ehe

Marion jagte mit 120 Stundenkilometern über die Landstraße. Die Bäume zu beiden Seiten waren kahl. Nebelschwaden zogen über die Wiesen und die Angst verursachte ihr Übelkeit.

Nachdem sie von zu Hause losgefahren war, bog Marion mit ihrem roten Renault gerade um die Ecke, als sie den Wagen ihres Ehemannes Paul erblickte. Seitdem klebte er an ihrem Heck. Sie fragte sich, wie viel er schon wusste. Sein Anruf vor einer Stunde hatte wieder einmal die Alarmglocken bei Marion läuten lassen. Wie oft war das schon passiert? Zwei, drei Mal? Die Verletzungen waren immer furchtbar gewesen!

Marion öffnete das Autofenster einen Spalt, um einen klaren Kopf zu bekommen. Sie schaute in den Rückspiegel. Pauls Mercedes war gefährlich nah. Aldo, der große schwarze Mischlingshund im Fond ihres Wagens, sprang kläffend gegen die Rückscheibe.

Marion schwor sich, wenn sie diesmal überlebte, dann würde sie nicht mehr in der Stadt wohnen. Sie musste es schaffen, um jeden Preis! Da drüben, das Bauernhaus! Erleichtert suchte Marion eine Abzweigmöglichkeit. Aber sie konnte weder eine Straße noch einen Pfad ausmachen.

„Einfach anhalten und laufen", schoss es ihr durch den Kopf. Mit zusammengekniffenen Lippen trat sie abrupt auf die Bremse und der Wagen rutschte mit quietschenden Reifen von der Straße. Ein großer vertrockneter Strauch brachte ihn endgültig zum Stehen. Im Seitenspiegel konnte Marion Pauls Wagen erkennen, der nur noch Sekunden von ihrem entfernt war. Sie versuchte, die Fahrertür zu öffnen. Verklemmt. Marion rutschte auf den Beifahrersitz. Sie fiel fast aus dem Auto, während Aldo jaulend über sie hinwegsprang. Sie rannte über die Wiese auf das bäuerliche Anwesen zu. Paul durchschaute ihre Absicht und hielt hundert Meter hinter dem Renault seiner Frau. Schwer schnaufend versuchte er, Marion einzuholen. Aldo schaute den beiden mit verwundertem Blick nach. An einem Autoreifen schnüffelnd sah er aus, als schüttelte er seinen breiten Kopf über diese verrückten Menschen. Schließlich handelte es sich doch nur um Tootsie, die ihm überaus unsympathische Katze der Familie. Diese war wieder zu ihren Erstbesitzern aufs Land abgehauen und hatte sich nun das zweite Mal unterwegs anfahren lassen. Aldo setzte einen Strahl Urin an den vertrockneten Busch und trottete langsam hinter den beiden besorgten Menschen hinterher. Hoffentlich blieb dieses schwarze Ungeheuer für immer hier, er hatte schließlich alles getan, um dieses Monster aus dem Haus zu treiben.

Leben pur

Der freitägliche Ansturm in der Bankfiliale war vorüber und der Feierabend rückte näher. Dieses Wochenende würde Helga Winter nicht einsam in ihrer Wohnung sitzen und sich zu Tode langweilen. Endlich passierte etwas in ihrem Leben und ihr Herz klopfte aufgeregt. Nervös strich sie über ihre breiten Hüften und fuhr sich mit der rechten Hand durch das dünne, zu einem Pagenkopf geschnittene Haar. Ihre Haut glänzte in dem künstlichen Licht und ihre sorgfältig ausgesuchte, geschmackvolle Kleidung täuschte nicht darüber hinweg, dass sie einige Pfunde zu viel auf den Rippen hatte und auch nicht mehr die Jüngste war. Bisher war das aufregende Leben immer an ihrer Haustür vorbeigezogen, während Helga am Fenster saß, um einen Blick darauf zu erhaschen. Doch diesmal würde es anders sein.

Gut gelaunt begann sie, die Geldscheine für die nette alte Dame vor ihr abzuzählen, als plötzlich ein maskierter Mann in die Bank stürmte. Er ging mit großen Schritten auf Helgas Schalter zu und seine Augen blitzen sie drohend an. Brutal stieß er die Rentnerin zur Seite. Als Helga ihn deshalb empört zur Rede stellen wollte, drückte er einen handgeschriebenen Zettel gegen die Glasscheibe: „Ich schieße sofort, kein Alarm! Alles Geld in diese Tasche!"

Starr vor Schreck, doch gleichzeitig fasziniert vor Neugier blickte sie in die harten Augen des Bankräubers. Ihr Körper zitterte. Der Mann stieß hastig einen Jutebeutel durch den Spalt unter der schusssicheren Scheibe hindurch. Helga warf einen schnellen Blick zu ihren beiden Kollegen hinüber, die jedoch noch nichts bemerkt hatten. Automatisch guckte sie zum Alarmknopf neben dem Geldkasten, als sie die Mündung einer Pistole auf sich gerichtet sah.

„Versuch's gar nicht erst!", zischte der Mann zwischen seinen makellosen Zähnen hervor.

Jetzt waren auch Helgas Kollegen aufmerksam geworden und sprangen erschreckt auf.

„Mein Gott, oh mein Gott", stammelte die Rentnerin vor der Scheibe.

„Der wird dir auch nicht helfen, wenn du nicht tust, was ich dir sage", zischte der Räuber. Kalkweiß blickte die alte Frau in Helgas Gesicht. Wie in Zeitlupe nahm diese den schmuddeligen Beutel und stopfte mit zitternden Händen die Geldscheine hinein.

„Das geht doch sicher etwas schneller, oder?", knurrte der Mann leise mit drohendem Unterton.

Helga zwang sich, zügig das Geld in die Tasche zu stecken, doch immer wieder fielen Scheine daneben. Der Räuber fuchtelte mit seiner Waffe.

„Gleich knallt's!"

Helga wurde schwindelig, das Geld verschwamm vor ihren Augen. Sie atmete tief ein, drückte ihren Rücken durch und ließ die letzten Bündel in den Stoffsack gleiten. Der Maskierte zwang sie, alles durch die Tür des Kassenschalters herauszugeben, in dem er der vor Angst jammernden alten Frau seine Waffe an den Kopf hielt. Er riss Helga die Tasche aus der Hand. „Keine Dummheiten, Mädchen! Könnte dir sonst leidtun!"

„Nein, nein", entfuhr es Helga kläglich.

Der Mann floh mit raschen Schritten aus der Bank. Ein Motor heulte auf und war bald darauf nicht mehr zu hören. Helga stand immer noch bewegungslos hinter dem Schalter. Der letzte Satz des Mannes hallte in ihrem Kopf nach. Ihre Hände suchten an dem kalten, glatten Marmor Halt.

„Der Alarmknopf, Frau Winter!", rief die alte Dame aufgeregt. „Drücken Sie den Alarmknopf!"

Als Helga langsam in sich zusammensackte, rannte ein Kollege in die Glaskabine. Sofort gab er Alarm. Polizei und Krankenwagen waren Minuten später zur Stelle.

Während Helga ins nächste Krankenhaus gebracht wurde, dachte sie darüber nach, wofür sie und Charly das viele Geld ausgeben könnten. Sie war so aufgeregt gewesen. Aber es war alles gut gegangen. Charly wollte ins Krankenhaus kommen, wenn alles geklappt hatte. Und das hatte es! Nachdem sie untersucht und wieder entlassen worden war, lief Helga zum Treffpunkt. Sie war etwas zu spät und konnte Charly nirgends sehen. Doch Charly kam auch Stunden später nicht. Er meldete sich nie wieder bei Helga.

Der Vogelflüsterer

Die Wellen rollen träge an den feinen, weißen Strand von Fort Myers und der Wind bläst rau und heiß über den Golf von Mexiko. Dicke Pelikane schweben lauernd dicht über dem Ufer und halten Ausschau nach etwas Essbarem. Blitzschnell stoßen sie ins Wasser, um kleine Fische zu fangen. Auf den Wellen dümpelnd töten sie die zappelnde Beute und werfen sie mit geübtem Schwung in ihre großen Schnäbel. Kleine braunweiß gefiederte Vögel mit langen, dünnen Beinen und schwarzen Schnäbeln beobachten dieses Schauspiel, bevor sie sich der gleichen Aufgabe zuwenden: Futtersuche. Wieselflink rennen sie den zurücklaufenden Wellen hinterher und picken eifrig die angespülten Schnecken auf, um dann vor dem erneut herannahenden Wasser davonzulaufen.

Lachend beugt sich eine rothaarige Frau über eine Pfütze am Strand. Sie stochert mit einem dünnen Ast darin herum und versucht, etwas herauszuholen. Ein kleiner Krebs hockt in dem Gewässer und verteidigt sein Revier mit hochgereckten Zangen. Das bunte Kleid der jungen Frau flattert im Wind, der passende Seidenschal leckt über ihre braunen, nackten Schultern. Das Schalentier versteht nicht, in welcher Gefahr es schwebt, denn weiße, flauschige Reiher stolzieren mit gelben, langzehigen Füßen in den von der Ebbe zurückgelassenen kleinen Seen am Strand. Wachsam beobachten sie das Wasser und registrieren jede Bewegung darin. Das kleine Krebstier wäre ein willkommenes Abendbrot. Der Wind kräuselt leicht das Salzwasser und die Sonne brennt heiß auf den pudrigen Sand herab. Die Frau winkt mit ihren schlanken Armen einem Mann. Er winkt zurück und sie stapft auf ein Haus am Strand zu.

Das stolze Mannsbild sitzt mit ausgestreckten Beinen am Strand. Seine knielange Hose und sein Hemd sind weiß. Er trägt einen Strohhut mit schwarzer Schärpe und beobachtet die kleinen Vögel, die immer wieder den Wellen hinterherlaufen, um sich dann wieder schnell vor ihnen in Sicherheit zu bringen. Sie rennen neugierig auf den bewegungslosen Burschen zu. Das Gleiche tun die Möwen in der Luft. Sie umkreisen ihn und landen dicht vor seinen Füßen. Die Tiere sind gierig auf das Brot. Der Mann nimmt ein Stückchen und hält es hoch. Eine andere Krume wirft er in die Luft und sie wird geschickt von einem grau-weiß gestreiften Vogel mit seinem roten Schnabel gefangen. Schnell verschlingt er das leicht ergatterte Futter. Die ausgestreckte Hand interessiert die anderen, hungrig umkreisen sie die braune Faust. Doch sie trauen sich nicht, ihm aus der Hand zu fressen. Geduldig bleibt er in dieser Stellung sitzen. Er wartet auf den mutigsten Vogel. Er wirft noch einmal einen Brocken in die Luft. Wie gefiederte Raketen stürzen sich die Vögel darauf. Der andere Arm ist immer noch nach oben gestreckt. Das Brot steckt auch noch zwischen den Fingern. Da, ganz plötzlich, schießt ein riesengroßes Federvieh aus dem Gewimmel hervor und schnappt es sich in Sekundenschnelle. Der Kerl ruft ihr lobende Worte hinterher und hält gleich wieder einen Happen in die Luft. Animiert von der mutigen Artgenossin versuchen es nun zwei gleichzeitig im Sturzflug. Der Sieger verschlingt die Brotkrume noch auf der Flucht. Diese Szene wiederholt sich so oft, bis fast jeder Vogel einmal aus seiner Hand gefressen hat.

Die Sonne senkt sich langsam auf den Horizont. Ihr rotes Licht schleicht über den Strand. Der große orangenfarbene Ball scheint fast augenblicklich ins Meer zu fallen. Die roten Strahlen erreichen den Vogelfütterer. Er liegt reglos im Sand. Seine Augen schauen in den Himmel, der Mund lächelt und die Gesichtszüge sind entspannt. Die Möwen sind fort. Die Frau mit den roten Haaren kniet neben ihm. Mit rhythmischen Bewegungen versucht sie, ihn wiederzubeleben. Doch es scheint zu spät. Der herbeigerufene Krankenwagen bringt ihn fort. Die Sonne ist im Wasser versunken, der Strand menschenleer. Nur die Brottüte flattert noch sacht im Wind.

Freudige Ereignisse

Der Anruf heute Nachmittag hatte Carsten vollkommen aus dem Konzept gebracht. Julia hatte eine Überraschung angekündigt und er musste sofort an ihren heutigen Frauenarzttermin denken. Eigentlich hätte sie schon längst da sein müssen. Als dann ein paar Zitronen auf dem Flur vor der Küche vorbeikullerten, lief Carsten ihr erwartungsfroh entgegen. Mit einem Fußtritt schloss Julia die Wohnungstür, um dann seufzend die aus den Einkaufstüten gefallenen Früchte wieder einzusammeln.

„Und – nun sag schon", forderte Carsten seine junge schlanke Frau auf.

Die schaute mit fragendem Blick zu ihm hoch und lächelte, als sie ihren ungeduldigen Ehemann ansah.

„Ja, also – ich habe heute Morgen unsere Nachbarin Frau Pagels getroffen. Ihre Tochter hat gestern entbunden."

Carstens Enttäuschung stand ihm ins Gesicht geschrieben.

„Ach so", antwortete er leise und schlich in die Küche zurück.

Julia war also nicht schwanger. Schon wieder nicht. Missmutig löffelte er im Zucker herum, während Julia sich erleichtert auf einen der gemütlichen stoffbezogenen Stühle fallen ließ. Sie legte die Füße auf den rustikalen Esstisch, schloss für einen Moment die Augen und sagte: „Frau Pagels Tochter ist erst siebzehn. Hast du das gewusst?"

Carsten wusste es nicht und es interessierte ihn auch nicht. Sie waren beide jetzt Ende zwanzig und wollten ein Kind. Seit zwei Jahren schon.

„Tja, und nicht genug damit, nur ein Kind zu bekommen", schmunzelte Julia und warf ihre dunklen, langen Haare mit einem Schwung zurück, „sie hat Zwillinge, einen Jungen und ein Mädchen."

Carsten zog eine Grimasse. „Den Seinen gibt's der Herr im Schlaf", dachte er mürrisch.

„Was ziehst du denn für ein Gesicht?"

Julia sah Carsten mit hochgezogenen Augenbrauen an. Der seufzte. Er wollte Julia mit seiner monatlichen Enttäuschung diesmal nicht unter Druck setzen.

„Frau Pagels hatte doch mal von einer Abtreibung gesprochen", antwortete er deshalb ausweichend, „oder habe ich da etwas falsch verstanden?"

„Stimmt."

„Adoption hätte ich besser gefunden."

„Ich nicht", entgegnete Julia nachdenklich. „Schließlich trägt und fühlt eine Frau ihr Baby neun Monate in ihrem Körper."

Unbewusst strich sie über ihren flachen Bauch.

„Jedes Kind hat ein Recht auf sein Leben", fuhr Carsten Julia scharf an. „Da muss man dann eben in den sauren Apfel beißen."

„Sag mal, was hast du denn? So kenne ich dich ja gar nicht!"

Carsten ignorierte Julias Frage und sagte stocksteif: „Außerdem können die Ärzte bei einer Abtreibung einiges verpfuschen. Und dann ist er aus, der Traum vom Kinderkriegen."

„Natürlich, da hast du recht. Aber das Leben besteht doch nicht nur aus Schwarz und Weiß."

„Papperlapapp!" Carstens Enttäuschung übermannte ihn. „Schließlich wird es doch noch einen Vater für die Zwillinge geben …"

„Der macht gerade Abitur."

Carsten ging ärgerlich auf und ab, während Julias Augen ihm folgten.

„Kannst du mir mal sagen, was dich so aufregt?",
fragte sie dann leise.

Doch Julia wusste es genau und seine Gefühle
berührten sie tief. Wie oft hatte er ihr Mut gemacht, wenn sie trotz Ausbleiben der Periode
doch nicht schwanger gewesen war. Heute war es
an ihr, ihn zu trösten. Doch er wollte nicht. Beim
Anblick des mit sich kämpfenden Mannes durch-
flutete sie ein Gefühl von Wärme. Plötzlich stand
Carsten abrupt auf und stützte sich, Julia den
Rücken zudrehend, mit beiden Armen auf die
Küchenspüle.

„Hast du schon einmal daran gedacht", stieß er
hervor, „dass die Tochter von Frau Pagels glücklich ist über ihre Kinder?"

„Aber sie geht doch noch zur Schule, Carsten!"

„Trotzdem Julia, trotz alledem! Was meinst du?"

„Woher soll ich das wissen?"

Nun war die Stimmung doch eskaliert. Geschäftig
fing Carsten an, das Abendbrot vorzubereiten
und Julia verstand: Ende der Debatte. Liebevoll
sah sie auf die breiten Schultern ihres Ehemannes. Sie zündete die beiden Kerzen auf dem Kü-
chentisch an, entkorkte eine Flasche Rotwein und
zog ein paar handgestrickte Babyschuhe aus ih-

rer Handtasche, um sie auf Carstens Platz zu legen.

„Herzlichen Glückwunsch, Liebling."

Als Carsten die kleinen Schühchen auf dem Esstisch liegen sah, nahm er Julia in die Arme und wirbelte sie lachend durch die Luft, während er gleichzeitig verstohlen versuchte, seine nassen Augen zu trocknen.

Wer wirft den ersten Stein?

„Mensch Bernd, was ist denn mit deinen Haaren passiert?"

Lachend hielt Uschi sich die Hand vor den Mund.

„Hör bloß auf. So kurz sollten die gar nicht werden."

Verlegen strich Bernd über seine verbliebenen braunen Stoppelhaare, durch die die weiße Kopfhaut schimmerte. Grinsend zog Uschi ihren langjährigen Freund auf den von der strahlenden Sonne vorgewärmten Stuhl eines Eiscafés.

Sie wollte eigentlich in den kommenden Wochen auf Süßes verzichten, doch das Wetter lud einfach zu einem fulminanten Eisbecher ein. Abnehmen konnte sie auch noch nächste Woche, hatte sie gedacht und unbewusst über ihren mittlerweile doch recht umfangreichen Bauch gerieben, fast so, als wollte sie ihn damit fortstreichen.

Plötzlich kniff Bernd die Augen zusammen und starrte auf die gegenüberliegende Straßenseite.

„Es ist nicht zu fassen, was Eltern unter Erziehung verstehen. Backpfeifen gehören doch nun wirklich der Vergangenheit an!"

„Das ist Frau Sanftleben mit ihrer Tochter. Ist nicht das erste Mal."

Sie beobachteten eine schlanke, blasse Frau, die offenbar mit den Nerven am Ende war. Sie versuchte mit einer Hand ihre brüllende dreijährige Tochter mit sich zu ziehen, die sich immer wieder auf den Boden warf und keinen Zentimeter weiter auf ihren eigenen Beinen laufen wollte. Die andere Hand der Frau schob einen Kinderwagen, in dem ein Säugling lag, der ebenfalls aus Leibeskräften schrie.

„Sieh doch, wie sie das Mädchen fortzerrt. Die reißt ihr glatt noch den Arm aus!"

„Nun starr da doch nicht so hin. Der Familie geht es zurzeit nicht gut. Sie hat gerade das zweite Kind entbunden und ihr Mann ist arbeitslos. Sie tut mir irgendwie leid."

„Sie tut dir leid? Kann ich wirklich nicht verstehen, Uschi."

„Sei doch nicht so von oben herab! Meine Nachbarin hat mir von Frau Sanftlebens Vater erzählt. Der war ein rabiater Alkoholiker. Bei dem hatte sie früher als Kind bestimmt auch nichts zu lachen."

„Das mag vielleicht als Erklärung herhalten, als Rechtfertigung aber auf keinen Fall. Da, guck! Jetzt tröstet diese Frau das Kind, als wenn es nur hingefallen wäre."

„Vielleicht hat sie ein schlechtes Gewissen und sie schämt sich, versagt zu haben."

„Hat sie doch auch."

„Du Bernd, diese Frau will auch eine gute Mutter …"

„Gute Mutter? Du kannst immer jeden und alles verstehen, nicht wahr?"

„Ich habe auch einen Sohn, mein lieber Bernd. Und ich fühle mich manchmal auch hilflos und ohnmächtig."

„Sie könnte sich doch Hilfe holen, Uschi, Erzieherinnen im Kindergarten fragen oder Bücher lesen. So schwer kann das doch nicht sein!"

„Ratschläge sind Schläge, die man einstecken können muss. Oder lässt du dir gerne sagen, was du falsch machst?"

„Und das Jugendamt?"

„Die waren wohl schon einmal da, Näheres weiß ich aber nicht."

„Vielleicht sollte das Mädchen vorerst in einer Pflegefamilie untergebracht werden."

„Ich bin sicher, das geht in diesem Fall zu weit. Frau Sanftleben hat mir erzählt, sie habe die Kleine von der Kindergartenausfahrt abholen müssen. Das Kind hatte Heimweh. Es hängt an seinen Eltern und will bestimmt nicht von ihnen getrennt werden."

„Sie hatte Heimweh? Vielleicht hat sie bald gar keine Gefühle mehr, weil ihre Mutter sie eventuell totschlägt. Die Zeitungen sind ja voll davon!"

„Musst du immer gleich so übertreiben? Bei Sanftlebens wird so etwas nicht passieren. Da bin ich ganz sicher!"

„Was macht dich da so sicher? Und wie willst du das verhindern?"

„Wir könnten Frau Sanftleben unsere Hilfe anbieten und mit unseren Kindern und ihrer kleinen Tochter nachmittags zum Spielplatz gehen. Da sind wir doch sowieso öfters. Ein Kind mehr oder weniger wäre da doch gar nicht so schlimm. Vielleicht kann man dann ja auch einmal mit ihr reden ..."

„Mit Reden wird dem Kind doch nicht geholfen."

„Ich fände auch Erziehungskurse gut", fuhr Uschi unbeirrt weiter fort, „so ähnlich wie Schwangerschaftskurse mit Infos, an wen man sich wenden kann, wenn man nicht mehr weiter weiß."

„Glaubst du, damit lässt sich etwas lösen?"

„Ich denke schon. Es gäbe dort nicht nur Anregungen, sondern auch die Möglichkeit, über Probleme zu sprechen. Ohne Angst, schief angeguckt oder bestraft zu werden."

„Aber so etwas gibt es zurzeit nicht ..."

„Papa, kann ich ein Eis?"

Bernds siebenjähriger Sohn stand plötzlich grinsend vor ihm und schaute ihn mit seinen großen blauen Augen fragend an.

„Ich habe Jens vorhin gar nicht bemerkt", meinte Uschi.

„Er war drüben in der Turnhalle", antwortete Bernd und sagte dann zu seinem Sohn: „Du hattest heute schon eins. Das reicht."

„Ach bitte!", bettelte Jens.

„Ich habe Nein gesagt!"

„Nur ein ganz kleines!"

„Wenn du nicht gleich still bist, dann setzt es was! Es ist jetzt genug!", rief Bernd aufgebracht.

Uschi sah ihren Freund überrascht an: „Solchen Eltern sollten also die Kinder weggenommen werden? So, so."

Überrascht schaute Bernd Uschi an, um dann beschämt seinem Sohn über den Kopf zu streichen.

„Der Ton war wohl nicht ganz in Ordnung, was?", sagte Bernd dann leise wie zu sich selbst. Er steckte seine linke Hand in die ausgebeulte Hosentasche seiner Jeans und holte einen Euro heraus, den er seinem Sohn gab.

„Hau ab, aber sag Mama nichts. So viel Eis ist ungesund."

Eulengeflüster

„Jetzt habe ich aber die Nase echt voll! Du kannst wirklich nur jammern!"

„Wie bitte? Du hast dich doch monatelang nicht blicken lassen! Ich rede wenigstens, während du alles in dich hineinfrisst und jeder Auseinandersetzung aus dem Weg gehst!"

„Dann frage ich mich, was das denn hier gerade ist?"

Die beiden Frauen standen sich wütend gegenüber. Sarahs Gesicht war rot vor Zorn. Sie war gertenschlank, dezent geschminkt und ihre kurzen blonden Haare hatte sie zu einem voluminösen Pagenkopf gefönt, aus dem lange silberne Ohrringe hervorlugten. In ihrer Hand hielt sie ein Weinglas, das sie nun ihrer Freundin Sonja wie eine Machete mit ausgestrecktem Arm entgegenhielt. Deren Blick spiegelte sich in dem großen Rotweinglas und was sie dort sah, gefiel ihr überhaupt nicht. Dunkle Augenränder, herunterhängende Mundwinkel und ein stumpfer Blick, der aus einem vollschlanken Gesicht herausstarrte. Der rote Lippenstift und die stark geschminkten Augen konnten nicht darüber hinwegtäuschen, dass sie völlig erschöpft war. Seit Monaten war sie todmüde. Der Feierabend und die Wochenenden reichten nicht mehr aus, um sich von dem Job und ihrem manchmal doch recht anstrengenden Alltag zu erholen. Sie hatte sich auf diese Party gefreut, aber eigentlich wollte Sonja nur ins Bett, und zwar das ganze Wochenende.

Keine der beiden Frauen erinnerte sich später, wie dieser Streit vor der Damentoilette begonnen hatte. Sie waren seit zwanzig Jahren befreundet. Es war eine Freundschaft ohne viele Worte. Ihre Beziehung war nicht von tief greifenden Gesprächen geprägt, Außenstehende hätten sie vielleicht auch als oberflächlich bezeichnet. Man half sich gegenseitig bei Renovierungen und fuhr zusammen in Urlaub, aber die Frauen erzählten sich nicht alles. Es gab keine stundenlangen Gespräche über Gott und die Welt.

„Dieses Mädchengetue ist nichts für mich!", sagte Sarah, wenn es um typisch Weibliches ging. Sonja hätte nicht im Traum damit gerechnet, dass Sarah sich zu solch einem Gefühlsausbruch hinreißen lassen konnte. Ausgerechnet heute!

Sonjas Mann Marc feierte seinen 40. Geburtstag und das Fest war in vollem Gange. Das reichhaltige Essen war vorüber und die Trägheit danach wurde von dem jungen, gut gelaunten DJ erfolgreich vertrieben. Die Gäste tanzten ausgelassen in dem bäuerlichen Gasthof, warfen die Arme in die Luft und sangen den Refrain mit. Die Party steigerte sich von Song zu Song. Sonja musste plötzlich lächeln, als Marc ihr von der Tanzfläche ausgelassen zuwinkte. Seine dunklen Augen leuchteten unter dem vollen schwarzen Haar. Dass dieser schlanke und gut aussehende Mann heute seinen 40. Geburtstag feierte, war ihm nicht anzusehen. Er hatte sich gut gehalten, wackelte beim Tanzen mit dem Hintern und lächelte ihr über die Schulter zu. Sonja musste grinsen. Marc schaffte es auch nach zehn Jahren immer noch, sie zum Lachen zu bringen. Als sie sich wieder Sarah zuwendete, erstarb ihr Lächeln.

„Du schaffst es noch und versaust mir dieses Fest", schnaufte Sonja entrüstet und fuhr dann fort: „Du hast dich plötzlich unsichtbar gemacht, nicht ich!"

„Ich kann nun mal eben nicht auf deine ganze Therapiekacke."

Sonja sog hörbar die Luft ein.

„Dann ist es also endlich heraus", dachte sie.

Laut entgegnete sie:

„Deshalb bin ich doch keine Idiotin!"

Sarah zuckte nur mit den Schultern.

„Sarah, ich mache das nicht zu meinem Vergnügen!"

„Die meisten, die so etwas machen, sind doch nicht mehr ganz dicht im Kopf – versteh' mich nicht falsch, bei dir ist das bestimmt ganz anders und ich will dir auch nicht zu nahe treten."

„Bist du aber. Deine Vorurteile sind schrecklich. Du hast dich für mich geschämt!"

Sarah zuckte unmerklich zusammen.

„Ja, Sarah, ich hab's gesehen. In deinen Augen bin ich ein Freak, mit dem man besser nicht unterwegs ist!"

„Nein, das bist du nicht. Es herrscht nun einmal nicht überall Friede, Freude, Eierkuchen. Da muss man doch nicht gleich zu einem Psychologen rennen!"

„Das sagt gerade die Richtige. Deinen unberechenbaren Launen täte eine Therapie auch mal ganz gut! Diskussionen anzuzetteln und dein

Gegenüber verbal niederzumetzeln waren für mich eine Kriegsandrohung."

„Wer mit mir diskutiert, muss eben gute Argumente haben!"

„Die zählen bei dir doch schon lange nicht mehr! Du glaubst doch, das Maß aller Dinge zu sein!"

„Jetzt gehst du echt zu weit!"

Sonja sah, wie Sarah den Rücken durchbog. Sie wappnete sich förmlich für einen Schlag.

„Sarah, ich – meine Güte – lass uns in Ruhe reden. Es nützt doch nichts, wenn wir uns hier zerfleischen." Sonja atmete einmal tief aus: „Kann es sein, dass es dir nicht gut geht in letzter Zeit?"

„Wie kommst du darauf?" stieß Sarah hervor.

„Du bist so aggressiv ..."

„WAS BIN ICH?!"

„Es ist schwer, ein Gespräch mit dir zu führen, ohne angegriffen oder verletzt zu werden."

„Kann jeder selbst entscheiden, ob er mit mir reden möchte."

„Stimmt – ich habe mich entschieden, keine Streitgespräche mehr mit dir zu führen."

„Vielleicht tust du das deshalb nicht mehr, weil du dem, was ich zu sagen habe, nichts entgegenzusetzen hast."

„Ja, das stimmt."

Irritiert sah Sarah Sonja in die Augen.

„Was soll das heißen?"

„Ich komme nicht mehr gegen dich an. Ich fühle mich dann so, als würde ich in der Luft zerhackt werden."

Sarah schwieg und seufzte. Mit ihrem linken Schuh trat sie immer wieder gegen die abgewetzte Fußleiste an der Wand.

Sonja versuchte noch einen Vorstoß: „Warum erzählst du nie etwas?"

„Was weißt du schon?", antwortete Sarah. „Und wer bin ich denn, dass ausgerechnet ich mich beschweren darf? Wolfgang sitzt im Rollstuhl, nicht ich."

„Aber du bist doch trotzdem auch noch jemand."

„Ich möchte die Dinge zusammen mit Wolfgang machen. Ich bin immer allein oder mache mit anderen Sport. Er fehlt mir so. Und nach der OP hatte ich geglaubt, er würde wieder gesund. Aber er wird für immer an den Rollstuhl gefesselt bleiben."

„Ihr werdet andere Dinge zusammen machen."

„So, was denn, neunmalkluges Köpfchen?"

„Das müsst ihr herausfinden, zusammen."

Sonja betrachtete Sarah aufmerksam. Jetzt – genau in diesem Augenblick – wurde ihr klar: Sie beide hatten ihr Päckchen zu tragen. Doch sie erkannte auch, dass dieser Streit sich nicht mehr wie durch Zauberhand in etwas Gutes verwandeln würde. Dazu fehlte es ihnen an Vertrauen und an dem Wunsch, füreinander da zu sein. Solange alles in Ordnung war und es keine Probleme gab, konnten sie eine oberflächliche Freundschaft führen. Doch das war lange vorbei. Und genau deshalb gab es auch nichts mehr zu reparieren. Sarah ist, wie sie ist. Und schlussendlich war es wohl auch Sonja selbst, die zu viel von Sarah erwartet hatte. Sie hatte eine Freundin gebraucht, sie aber in Sarah nicht finden können. Sonjas Erwartungen waren zu hoch. Sie seufzte traurig. „Es lässt sich im Leben leider nicht alles ändern", dachte sie.

Menschen kommen, Menschen gehen. Freuen wir uns, dass sie uns eine Zeit lang begleitet haben und wir ein Stück mit ihnen gehen durften. Und weinen wir ihnen nicht zu lange hinterher, wenn sie einen anderen Weg einschlagen wollen. Es hat nicht immer etwas mit uns zu tun.

Eine kleine Vögelei

Wir lagen auf einer weichen grünen Wiese, deren Gänseblümchen und Butterblumen sich leicht im Wind wiegten. Der Duft von frisch gemachtem Heu schwebte zu uns herüber. Die Welt war weit weg, andere Menschen auch. Hier oben auf dem Berg waren mein Mann und ich ganz allein. Unser kariertes Picknicktuch war zur Liegedecke geworden und wir schauten aneinandergekuschelt und auf Grashalmen kauend in den blauen, von weißen Schleierwolken durchzogenen Himmel.

„Schau mal die Gänse über uns, Jan", sagte ich schläfrig, während Jan eigentlich schon seine Augen geschlossen hatte und nun angestrengt wieder zu öffnen zu versuchte.

„Ja, ganz toll", antwortete er gelangweilt und klappte seine Lider sofort wieder herunter. Sein Arm rutschte von seinem fülligen Körper auf die Decke, die linke Hand berührte dabei das saftige Gras.

„Nun guck doch mal", sagte ich nachdrücklicher, „die sind echt gut organisiert."

Jan zwang sich, meinem Blick zu folgen, und murmelte: „Die machen das schon ewig so!"

Seufzend rückte ich näher an Jan heran und beobachtete weiter die Vögel, die laut schnatternd in einer pfeilförmigen Hierarchie flogen. Die erste Gans vorn an der Spitze gab keinen Laut von sich. Sie flog ruhig und konzentriert, alle anderen folgten ihr offenbar voller Vertrauen. Das laute Gekrächze hinter diesem Gänse-Scout tangierte diesen aber überhaupt nicht. So schien es zumindest. Wollten die Mitflieger durch ihr Getöse ihre Unlust kundtun oder mit ihrem Geschrei Feinde abschrecken? Aufmerksamkeit war ihnen auf jeden Fall gewiss, denn der Blick ging automatisch gen Himmel, als die laute Vogelschar über unsere Köpfe hinwegflog. Sie zogen einen Kreis über uns, während die erste Gans von einer anderen abgelöst wurde, die bereits dicht hinter ihr geflogen war. Sie setzte sich an die Spitze und übernahm die Führung. Die ehemalige Anführerin fiel in die Formation zurück. Der neue Vogel dirigierte nun seine Mitstreiter mühelos Richtung Süden, die offenbar entspannt, aber laut krächzend hinter ihm her flogen.

„Du, ich glaube, ich weiß, warum die immer so schreien", sagte Jan träge. „Die feuern den ersten Vogel mit ihrem Geschrei an!"

Es schien genau so zu sein, wie Jan es vermutete. Je lauter das Geschrei wurde, desto mutiger und selbstbewusster flog der führende Vogel seinem Ziel entgegen.

„Sieht einfach aus, dieses System", antwortete ich, „jeder Vogel scheint zufrieden mit dem zu sein, was er gerade tut."

„Ist wie bei uns", sagte Jan und setzte sich auf. „Wir haben ja auch Chefs und gute Freunde, die Treffen, Reisen oder andere Events für uns organisieren. Wir haben zwar kein Gefieder", fuhr er nachdenklich fort, „und wir müssen auch nicht jedes Jahr in den Süden fliegen, um dann im Frühjahr wieder zurückzukehren – obwohl manche von uns es ja doch tun. Wir sind genauso wie diese Vögel eine Gemeinschaft, die irgendwohin möchte, findest du nicht auch?"

„Du meinst, unsere Chefs oder Freunde geben den Ton an?"

„Gewissermaßen ja."

Nachdenklich sah ich der Gänsetruppe hinterher, die nun immer kleiner wurde, bis sie ganz am Horizont verschwand.

„Und irgendjemand muss das alles schließlich organisieren."

„Genau!", rief Jan. „Wir gehören alle zu Gruppen, die etwas erreichen oder irgendwohin möchten. Mit einem Ziel, das „irgendwo" liegt und mit dem Wunsch „irgendetwas" zu erreichen, kommen wir ja nicht weiter. Wir brauchen jemanden, der diese Ziele organisiert oder dafür geradesteht, eben sich einfach darum kümmert. So wie der erste Vogel in der Formation."

„Das könnte aber auch sehr gefährlich werden", antwortete ich. „Einen solchen Führer hatten wir im letzten Jahrhundert und der hat uns in eine Richtung manövriert, über die man noch in dreihundert Jahren sprechen wird."

„Ja, du hast recht, in solch eine Richtung darf es auf gar keinen Fall gehen", stimmte Jan zu. „Mir geht es eigentlich um etwas anderes. Es ist doch so: Unsere Anführer bringen uns gewissermaßen auch nach Süden! Sie stehen ihren Mann und ihre Frau, sind unsere Lobby und arbeiten mit uns daran, aus einem Haufen Federvieh ein motiviertes, klar definiertes und organisiertes Vogelteam zu machen, wenn gewünscht auch in pfeilförmiger Formation! Sie organisieren Treffen, halten uns den Rücken frei und machen das, ohne zu murren."

Wir beide schauten auf das vor uns liegende atemberaubende Panorama und hingen unseren Gedanken nach.

„Du sagtest vorhin, die Gänse feuern ihre erste Anführergans an?", fragte ich leise in die Stille hinein.

„Ja, ich fand, das machte so den Eindruck."

„Wir machen das nicht."

„Was jetzt genau?", fragte Jan verwirrt.

„Nun, keiner schreit, niemand ruft, nicht einmal ein Schnattern oder Fiepen ist zu hören. Hast du deinen Chef schon mal angefeuert oder gelobt? Oder haben wir Charly schon mal gesagt, wie toll er das immer macht mit unserer Rheintour?"

„Mein Chef ist ein Drecksack. Wenn ich den loben müsste, müsste ich mich gleich hinterher über-geben. Mir würde auch nicht ansatzweise einfal-len, was der jemals gut gemacht haben könnte."

„Stimmt, er ist wirklich kein toller Chef. Meiner aber schon. Und Charly hätte es auch verdient und Annas Lehrerin und die Kindergärtnerin von Ben und ..."

„Ich glaub, ich hab's verstanden", unterbrach mich Jan. „Du hast recht, manchen Menschen sollte man wirklich einmal sagen, dass sie einen guten Job machen und dass wir froh sind, dass sie sich für uns einsetzen und immer ein offenes Ohr haben. Aber jetzt mal Hand aufs Herz", fragte Jan, „wann hast du denn mal deinen Chef gelobt?"

„Das mache ich gleich morgen", antwortete ich nachdenklich, „gleich morgen früh!"

Glashaus

In der kleinen gemütlichen Pizzeria war jeder Tisch besetzt, obwohl das exquisite Restaurant mit zuvorkommender Bedienung ein Geheimtipp war. Mia hatte die Empfehlung von einer ehemaligen Kollegin bekommen. Von außen wirkte es wie eine Wohnung. An der Hauswand war weder ein Schild noch eine Speisekarte angebracht. Erst wenn man durch den Hausflur die hölzerne Treppe hinaufstieg, um in den ersten Stock zu gelangen, wurden die Gäste durch einen unscheinbaren Wegweiser darauf aufmerksam gemacht, was sich hinter der schweren Schwingtür befand. Es drang kein Geräusch in das Treppenhaus und selbst beim Betreten des länglichen Raumes schlug dem hungrigen Gast nur sanftes Gemurmel entgegen, untermalt von leiser Musik. Ein Ober mit aufgerollten Hemdsärmeln und bespritzter Schürze führte Mia und ihren Mann an einem winzigen Holzbüffet vorbei zu einem Tisch in einer Nische. Zufrieden schaute Mia sich um: Das war genau der richtige Ort, um ihrem Mann Kai auf den Zahn zu fühlen. Er liebte gutes Essen und ließ sich gern verwöhnen. In solch einer Umgebung sprach er leichter über Dinge, die ihn bewegten. Und genau das wollte Mia erreichen. Irgendetwas beschäftigte Kai, über das er nicht sprechen wollte. Jeder Versuch, ihn zum Reden zu bringen, endete entweder in einer verletzenden Diskussion oder in einsilbigen und unergiebigen Antworten. Mias Geduld war nun am Ende. Sie wollte wissen, was los war. Kai hatte sich über die Idee gefreut, in dieser besonderen Pizzeria zu essen und pfeifend das Übernachtungsköfferchen für Benjamin und Sandra gepackt, um die beiden dann zu seiner Mutter zu bringen. Mia war sicher, der Abend würde Klarheit bringen. So gut gelaunt war ihr Ehemann schon lange nicht mehr gewesen. Immer wieder in den letzten Wochen hatte Mia Kai mehrmals ansprechen müssen, weil er so vertieft seinen Gedanken nachhing. Doch an diesem Abend saß er ihr wie früher mit leuchtenden Augen gegenüber. Wie immer dauerte es lange, bis er sich entschied, was er bestellen wollte. Es war ein Ritual, die Speisekarte hinauf und hinunter zu lesen, dann abzuwägen, auf was verzichtet werden und was man sich gönnen würde. Vorspeise, Hauptgang und Dessert besprach er ausgiebig mit Mia und der

Kellner beriet ihn lange, welcher Wein dazu passte. Zufrieden lehnte Kai sich dann zurück.

„Es war geradezu eine göttliche Idee von dir, hierher zu kommen", schwärmte Kai, „wir sollten das öfter machen, mein Schatz."

„Ich mag unsere Eltern nicht so oft fragen", antwortete Mia abwesend. Eigentlich wäre jetzt der richtige Zeitpunkt, behutsam das Gespräch in die von ihr gewünschte Richtung zu lenken.

„Woran hast du denn auf dem Weg hierher gedacht?"

„Nicht diese Frage an einem solch schönen Abend. Bitte versuche nicht wieder, meine Gedanken aus mir herauszupressen."

Mia kam völlig aus dem Konzept.

„Ich finde es doch nur schön, dich so gut gelaunt zu sehen", stotterte sie und fügte unüberlegt hinzu: „Die letzten Wochen warst du schließlich ein richtiger Stinkstiefel!"

Erschrocken hielt Mia inne. Stinkstiefel, wie konnte ihr nur dieses Reizwort herausrutschen! Nun war es zu spät. Es war heraus und schwebte bedrohlich zwischen ihnen. Kais Lächeln erstarb augenblicklich. Der schwitzende Kellner brachte die Vorspeise: zwei üppige Salate mit frisch gebackenen Brötchen. Mechanisch griff Kai nach der blank geputzten Gabel und stocherte in dem Grünzeug herum.

„Das ist also der Grund, warum wir uns diesen überaus netten Abend machen. Klasse, Mia, ganz klasse!"

Mia schluckte. „Aber wir müssen doch einmal darüber reden. Ich möchte einfach an deinem Leben teilhaben", sagte sie beschwichtigend. „Für mich gehört es zu einer funktionierenden Partnerschaft dazu, auch den Frust loswerden zu können."

Kai stopfte sauer ein Salatblatt nach dem anderen in den Mund. Schließlich entgegnete er abweisend: „Verdammt, Mia, ich wollte einen gemütlichen Abend mit dir. Ich wollte entspannen, an nichts mehr denken und einfach abschalten. Du hast wirklich ein Talent, einem alles zu versauen."

„Das kann doch nicht dein Ernst sein. Was bin ich denn eigentlich für dich? Putzfrau, Sekretärin, Geliebte, aber bloß nicht auch noch Vertraute?"

„Geht das wieder los", stöhnte Kai. „Wir sind nun sechs Jahre verheiratet und du hast immer noch nicht begriffen, wie ich mit meinen Problemen umgehe."

„Genau darum geht es ja: Wie d u mit deinen Problemen umgehst. Ich muss auch mit ihnen umgehen, wenn du verstehst, was ich meine."

„Aber das hatten wir doch schon hundertmal. Ich brauche Zeit, Mia, möchte meine Gedanken ordnen und will mit meinen Gefühlen ins Reine kommen. Das muss ich alleine tun."

„Aber warum denn? Kannst du das nicht mit mir zusammen tun, hast du denn gar kein Vertrauen zu mir?"

„Was hat das mit Vertrauen zu tun? Es muss doch nicht immer alles beredet und zerlegt werden, was in meinem Kopf vorgeht. D u hast kein Vertrauen zu mir, weil d u nicht die Geduld hast, abzuwarten."

„Das ist wirklich unfair, Kai. Ich bin diejenige, die deine Launen ertragen muss, wenn du wieder etwas ausbrütest. Nebenbei habe ich auch noch auf den Beruf verzichtet. Da kann man doch wohl erwarten, über deinen Seelenzustand informiert zu werden, ohne Gedankenleserin werden zu müssen."

„Das erwarte ich gar nicht von dir. Und du musst auch nicht zu Hause bleiben. Meine Mutter hat schon mehrmals angeboten, die Kinder vormittags zu nehmen, damit du arbeiten kannst. Der Haushalt und die Kinder füllen dich nicht aus, Mia. Such dir doch die Arbeit, nach der du immer jammerst."

„Aber Sandra ist doch erst zwei ... ich weiß nicht so recht ..."

„Du kannst dich nicht aufraffen, mein Schatz, das ist es."

Taktvoll näherte sich die Bedienung dem Tisch. Schnell räumte sie ab, während Kai und Mia schwiegen. Kaum war die Kellnerin außer Hörweite, fuhr Kai fort: „Du willst mein Leben mitleben, Mia. Und dein schlechtes Gewissen verhindert es, selbst etwas auf die Beine zu stellen."

„Ich empfinde es aber als einen Vertrauensbruch, wenn du dich mir nicht öffnen willst und alles mit dir selbst abmachst", murmelte Mia, obwohl sie Kai innerlich recht geben musste.

„Nähe und Vertrauen ergeben sich doch nicht ausschließlich daraus, dass jeder Mist zu Brei verhackstückt wird."

„In diesem Fall ist es aber doch kein Mist! Du knabberst da an etwas, womit du nicht zurechtkommst."

In diesem Moment wurde das Hauptgericht serviert. Vor Mia und Kai dampften köstliche Steaks in Pfefferrahmsoße, Brokkoli und Röstkartoffeln.

„Okay, du hast ja nicht ganz unrecht", lenkte Kai ein, nachdem er einige Bissen in den Mund geschoben hatte und er Mias trauriges Gesicht sah.

„Ich hätte darüber reden können. Aber wenn ich dir jede Überlegung erzählen muss, fühle ich mich von dir kontrolliert."

„Du sollst nicht alles haarklein erzählen, nur dann, wenn dich etwas bedrückt."

„Ich möchte mich aber nicht immer rechtfertigen müssen, wenn ich mich an dich kuschele und dann meinen Gedanken nachhänge."

„Wie meinst du das?"

„Nun, manchmal denke ich in solch einer Situation auch darüber nach, wo ich im Garten am besten den Grill hinmauern könnte."

„Das ist nicht dein Ernst", entgegnete sie aufgebracht. „Liebst du mich eigentlich noch?"

„Fang doch nicht damit an. Ich liebe dich sehr. Du und die Kinder, ihr seid die wichtigsten Menschen in meinem Leben. Aber ich brauche einen gedanklichen Intimbereich, kannst du das nicht verstehen?"

Mia schwieg eingeschnappt. Sie hatte sich alles so schön ausgemalt für diesen Abend, doch herausbekommen hatte sie nichts. Stattdessen musste sie sich Vorwürfe anhören.

„Dann erzähle jetzt, was los ist", bohrte sie uneinsichtig weiter. „Sonst sieh zu, wie du damit fertig wirst."

Kai nahm ihre Hand. Er gab auf. Seufzend sagte er: „Ich habe Ärger mit dem Zäpfchen."

„Welchem Zäpfchen?"

„Meinem Kollegen Zapf. Er ist wie ich Sachbearbeiter in unserer Krankenkasse und ein unglaublicher Speichellecker, kannst du dich erinnern? Deshalb hat er doch den Spitznamen Zäpfchen."

„Ja, natürlich", grinste Mia, „was ist denn mit ihm?"

„In unserer Abteilung steht eine Beförderung an. Zäpfchen und ich sind dafür vorgeschlagen, aber nur einem von uns wird der Blumentopf überreicht werden."

Kai zog die buschigen Augenbrauen hoch und kniff die Lippen zusammen. „Und dieses Oberzäpfchen profiliert sich seitdem auf meine Kosten."

Plötzlich fiel Mia siedend heiß das Telefonat mit Kais Chef ein. Sie wollte schnell davon erzählen, doch momentan war Kai in Fahrt und nicht mehr zu bremsen.

„Ist eine Rechnung falsch, so schafft er es, dies mir in die Schuhe zu schieben. Gibt es ein Problem mit Heil- und Kostenplänen, liegen sie plötzlich auf meinem Schreibtisch. Er zieht sich nur die Rosinen heraus, während ich mich mit Zahnärzten und Patienten herumärgern muss, die sich dann wutentbrannt beim Vorgesetzten über mich beschweren. Ich habe jedes Mal die Pappnase auf."

Mia nickte. Sie holte Luft, um nun endlich von dem Anruf zu erzählen, aber Kai sprudelte weiter: „Mir ist die Beförderung wirklich wichtig. Aber wenn man sie nur bekommt, indem man Kollegen in die Pfanne haut, dann will ich sie nicht."

„Das verlangt doch auch keiner, Kai."

„Aber unser Chef scheint überhaupt nichts zu bemerken! Und überhaupt ..."

„Und überhaupt, dein geliebtes Tiramisu ist im Anmarsch."

Kai tat ihr leid. Sie kannte den Kollegen Zapf, ein wirklich unangenehmer Zeitgenosse. Mia wäre geplatzt, wenn sie nicht tagtäglich darüber hätte reden können.

Was hatte Mia Kai eigentlich noch zu erzählen, seitdem sie zu Hause war? Wie oft die Kinder sich gestritten hatten oder wer wann und warum zum Kaffee da war? Ob der Fleck aus dem Lieblingshemd herausgegangen war oder nicht? Kais Einwand, sie sei unzufrieden und zu ängstlich, den ersten Schritt zu einem interessanteren Leben zu tun, gab ihr zu denken. Würden die Kinder wirklich gut aufgehoben sein bei ihren Schwiegereltern? Den ganzen Stress des Hinbringens und Abholens nur, weil sie so gern arbeiten wollte? Ihr ehemaliger Arbeitgeber hatte ihr bereits mehrfach angeboten, stundenweise wieder anzufangen. Plötzlich musste sie grinsen, als sie an ihre Kollegin dachte, die nach einer Diskussion über Flamenco kurzerhand auf den Schreibtisch sprang und einen feurigen Tanz hinlegte, bis der Chef hereinkam und fragte, was das für ein Lärm sei.

„... und dann hatte der doch tatsächlich die Un-
verfrorenheit ... Was grinst du denn so?"

Mia zuckte mit den Schultern.

„Woran hast du gerade gedacht?!"

„Ich habe ... ich dachte, diese Frage wäre heute
tabu!"

„Du hast mir gar nicht zugehört! Meine Mia, die
jeden Gedanken wissen will, der durch meine
Gehirnwindungen kriecht, hört mir nicht zu,
wenn es soweit ist."

Feixend lehnte Kai sich zu Mia hinüber, rutschte
mit dem Ellenbogen vom Tisch und wäre fast mit
dem Kinn in die Tiramisureste gefallen.

Mia kicherte.

„Das war knapp", lachte Kai.

„Also", bohrte er unbeirrt weiter, „woran?"

„Ich dachte an meine ehemalige Kollegin."

„Ach was, das ist ja interessant."

„Wieso?"

„Ich darf nur an dich und nicht an den Grill denken, wenn ich mit dir zusammen bin. Aber du
kannst mit deinen Gedanken spazieren gehen,
während ich mein Inneres nach außen kehre und
mir einen Wolf rede."

Betroffen schaute Mia ihren schmunzelnden Mann an. „Ja, also – weißt du ..." Plötzlich kam Mia der rettende Gedanke: „Ich habe, als du die Kinder zu deiner Mutter brachtest, mit deinem Chef telefoniert."

„Mein Chef hat noch nie bei uns angerufen", sagte Kai irritiert.

„Heute schon. Es ist nämlich die Entscheidung für die Beförderung gefallen. Sie haben dich ausgewählt."

Kai schaute sie ungläubig an.

„Kann ich gar nicht so richtig glauben ...", stotterte er.

„Glaub es nur."

Und nach einer Schweigeminute fügte sie hinzu: „Und ich werde wieder stundenweise arbeiten gehen."

„Endlich!", jubelte Kai und wedelte albern mit seinen Armen herum. Als ein Gast am Nebentisch seinen Zeigefinger an die Stirn tippte, prostete Kai seiner Mia zu.

Auf dem Heimweg gingen beide schweigend und eng aneinandergekuschelt die dunkle Straße entlang. Jeder war in seine Gedanken vertieft und doch dem anderen so unendlich nah.

Schlussgedanken

Jedes Leben eines Menschen ist gespickt mit wunderbaren und schicksalshaften Augenblicken. Manche werden erzählt, andere tief im Inneren verborgen. Einige von diesen Momenten habe ich ans Tageslicht geholt und in diesem Buch erzählt, garniert mit Liebe, viel Mitgefühl und dem Wissen, dass im Leben alles geschehen kann. Es liegt an uns, wieder aufzustehen und etwas daraus zu machen, wenn wir gefallen sind. Halten wir durch für die Zeiten, die so schön und erfüllend sind, dass wir nur dafür leben wollen und genießen wir in vollen Zügen die Tage, die uns schon am Morgen lächeln lassen!

Bis zum nächsten Mal!
Herzlichst
Ihre Marie Lue

Vielen Dank

... an meine Leser. Was wäre ich ohne Sie?!

... an Beate, Britta und Andreas!
Eure Anmerkungen haben das Buch zu dem
werden lassen, was es jetzt ist!

... an meine Lektorin Sabine W., die diesem Buch
den glanzvollen Schliff verliehen hat!

... an meinen Ehemann und Kerstin für
das Buchcover!

Mein ganz besonderer Dank geht
wie immer an meine Familie, die stets an mich
glaubt und mich immer unterstützt!

Marie Lue

Über die Autorin

Marie Lue lebt und schreibt in Bremen.
Sie veröffentlichte bereits das Kinderbuch „Stella Sternenkind"
und ist Mitautorin an dem Gemeinschaftsprojekt „Haberloher
Liebespoesie". Zurzeit arbeitet sie an ihrem ersten Roman.
Mehr über die Autorin erfahren Sie unter www.marie-lue.com
und auf der Facebook-Seite www.facebook.com/MarieLue

www.marie-lue.com